KB111611

18세, 바다로

나카가미 겐지 소설
김난주 옮김

18세,
바다로

十八歳・海へ

무소의뿔

18세

十 八 歳

노래

Michelle, ma belle

These are words that go together well

My Michelle

Michelle, ma belle

Sont les mots qui vont très bien ensemble

나는 배 속에서 쥐어짜낸 듯 큰 소리로 니시카와에게 배운 노래를 불렀다. 부슬비에 조심스럽게 젖어가는 보도를 자전거를 타고 달리면서 버럭버럭 고함을 질렀다. 내 고물 자전거는 안장 스프링이 망가져, 이렇게 좋은 길을 달릴 때에도 엉덩이가 얼얼하게 아프다. 보나 마나 여자 엉덩이처럼 늘 벌거리라.

푹 젖은 몸으로 니시카와네 집의 멋들어진 현관에 도착했을 때, 친구들은 맥주를 마시고 취해 있었다.

"야, 도오루. 아주 쫄딱 젖었구나. 도랑에 처박혔다 나온 것 같다."

입가에 맥주 거품이 묻은 니시카와가 그렇게 놀렸다. 부슬비에 흠뻑 젖은 교복이 무거워 지치고 말았다. 어깨가 묵직하다.

"아, 고양이와 개."

윗도리를 쥐어뜯듯이 벗는다. 끈끈하게 들러붙은 바지를 벗어 둘둘 말아서는 니시카와의 침대에 휙 던진다. 그리고 내털리 우드의 사진을 가리듯 걸려 있는 니시카와의 바지를 입었다.

미쓰루가 내 얼굴을 빤히 쳐다본다. 취했는지 게슴츠레한 눈빛으로 키들키들 웃는다.

"그냥 벗고 있지 그러냐. 정액 냄새 풀풀 나는 네 놈의 페니스, 싫다 싫어. 맨날 딱딱하게 서 있는데, 아직 열여덟 살이라니."

비아냥거리는, 술 취한 말라깽이 구과주.

"싫은 건 나도 마찬가지야."

"내 잠옷이라도 입어."

니시카와가 그렇게 말하면서 벽장의 잡동사니 더미 속에서 초록색 가운을 꺼낸다.

"잘 어울릴 거야."

그러고는 내 벗은 상반신을 향해 던진다.

니시카와의 시큼한 체취로 가득한 가운을 걸친다. 이거 영 기가 죽는데, 하고 생각했다. 나의 체취는 기껏해야 밍밍한 정액 냄새거나, 미처 씻지 못해 등에 그대로 남아 있는 비누 거품 냄새 정도다.

"야, 시험공부 벌써 시작했냐?"

"어, 조금. 영어만."

다시로가 눈썹을 찡그린다. 송송 돋은 수염에 묻은 맥주 거품을 혀로 핥는다.

마쓰모토가 내 잔에 맥주를 따랐다. 나는 술을 모른다. 겨우 한 잔 정도밖에 마셔본 적이 없다. 니시카와가 단숨에 잔을 꿀꺽꿀꺽 비웠다. 튀어나온 목울대가 꿈틀거렸다. 내 나이가 제일 많다. 지난 사월에 만 열여덟 살이 되었다. 그러나 내가 아는 것은 원숭이처럼 하는 자위뿐이다.

미쓰루는 내가 맥주 한 잔을 고생스럽게 마시는 걸 키들

거리며 보다가, 니시카와의 부탁으로 벽장에서 전축을 꺼냈다.

니시카와는 흑인영가와 모던재즈를 좋아한다. 〈스윙 로, 스위트 채리어트〉나 '버드 파웰'에 심취해 있는 니시카와의 얼굴은 다른 친구들과는 다르다. 나의 더듬이는 그 얼굴에서 다가서기 어려운 어른의 얼굴을 감지한다.

델로니어스 몽크의 〈로코모티브〉를 튼다. 몽크의 피아노 연주가 방 안 가득 울려 퍼졌다. 로큰롤을 튼다. 니시카와와 다시로, 미쓰루와 마쓰모토가 춤을 추기 시작했다. 술꾼들. 방이 그리 넓지 않아, 몸을 서로 딱 들이대고 있는 듯 보인다. 리듬에 맞춰 몸을 움직이다 누가 발을 밟으면 유리창이 깨져라 악을 쓰며 낄낄 웃는다.

그리니치빌리지에 모여드는 흑인이나 비트족이 되려는 억지 몸짓처럼 보였다.

하지만 이들은 알고 있다. 도취되고 싶지만 거부당한다. 환성과 춤이 허망하고 덧없다.

내가 입을 쩍 벌리며 하품을 하자, 니시카와는 화난 것처럼 도중에 레코드 바늘을 들어 올렸다. 그리고 요즘 유행하는 젊은 가수의 노래 〈우리는 젊다〉를 틀었다.

우리는 젊어

저 빛나는 바다처럼

저 하얀 태양처럼

술 취한 남자끼리 껴안고 블루스를 추듯 흐느적흐느적 몸을 흔든다. 미쓰루와 마쓰모토는 서로 사타구니를 비벼대면서 "으윽, 아프잖아" 하며 낄낄댄다.

우리는 살아 있어

저 푸른 잎 속에

우리에게는 한없는 내일이 있어

이 멋진 젊은 날

너도 나도 젊어

아아 우리는 내일을 향해

이 아찔한 청춘을 살아가자

니시카와의 아버지는 시내 번화가에 있는 은행의 지점장이다. 시장과 시의원도 많이 아는, 상당한 권력자다. 그래서 니시카와는 더욱 바보짓을 한다.

우리에게는 힘이 있지

희망에 넘치는 가슴이 있지

나는 언제든 노래해

힘껏 소리를 지르고

이 청춘을

이 젊음을

우리는 젊어

저 빛나는 바다처럼

저 하얀 태양처럼

아아 우리는 젊어

우리는 젊어

가수는 뜨겁고 힘차게 청춘을 노래한다. 니시카와가 다시로의 엉덩이를 손으로 더듬었다.

"아이, 이러지 마."

여자 흉내를 내며 엉덩이를 흔드는 다시로의 뺨에, 이번에는 입을 맞춘다.

"싫어, 싫어."

다시로가 말한다.

"준코 씨, 임신시켰으면서. 안 돼."

가수의 노래를 빈정거리기라도 하듯 남자들끼리 흐느적흐느적 몸을 흔든다.

니시카와와 친구들의 표정을 보면서 나 혼자 웃고 있다. 맥주를 계속 마셨다. 맥주가 떨어지자 침대 밑에 숨겨놓은 니시카와 아버지의 브랜디를 꺼내 청량음료 마시듯 마신다. 또 다른 레코드를 틀어놓고 춤을 멈추지 않는 친구들과, 청춘을 노래하는 유행 가수의 우스꽝스러움을 불쑥 깨닫고 웃으려 했다. 그러나 웃음은 입술 언저리에서 좌절하고, 그 대신 하품이 나왔다. 하품을 하다 찔끔 흘린 눈물이, 왠지 슬퍼 운 것처럼 여겨진다. 미끈거리는 액체가 눈 속에서 배어나와 시야가 흐려지고 방이 뒤틀렸다.

강

그 여름에, 아키히로가 죽었다. 벌써 몇 년 전 일인데 바로 어제 일처럼 기억이 생생하다.

나는 동생을 데리고 오시로야마에 매미를 잡으러 갔었다.

"가는 김에 사각팬티도 가져가야지."

동생은 챙이 유난히 툭 튀어나온 커다란 야구모를 쓰고,

신이 난 마음을 억누르지 못해 목소리가 들떠 있었다.

"형은 이제 어른이야. 너 같은 애랑은 다르다고. 사각팬티 말고 저번에 산 파란 수영 팬티 가져갈 거야."

러닝셔츠 바람인 동생은 드러난 팔이 마치 흑인처럼 까맣다.

"매미 잡으면 어디다 넣어? 손에 들고 다닐 수는 없잖아."

"상자 같은 걸 가져가면 되지, 구멍 뚫어서."

우리는 바람이 들지 않는 현관에 있었다. 땀이 송골송골 맺혀, 목과 이마에 돋은 땀띠가 따끔따끔하다.

"형, 요시카즈랑 다카시는 안 불러?"

우리는 자루가 긴 매미채를 들고서 같이 놀 친구들을 찾았다. 모두들 벌써 헤엄치러 구마노강에 가 있었다.

숨을 헐떡거리며 대나무 숲속 오솔길을 달렸다. 오솔길 끝에 서면 구마노강이 불쑥 시야에 들어온다. 구마노강이 태양빛에 반짝거린다. 여름 냄새가 코를 찌른다. 나무 냄새다. 나와 동생은 여름의 하얀 햇살 속에서, 새파랗게 반짝이며 콸콸 흐르는 구마노강을 본다. 몸 어딘가가 푸들푸들 떨린다. 서로 얼굴을 마주 보았다. 우리는 그 순간, 말을 잃었다. 동생은 겁먹은 듯이 마른 침을 꿀꺽 삼킨다. 그리고 의미 없이 내게 천천히 고개를 끄덕여 보인다. 나와 동생은 동시에 매미채를 내던지고 옷을 훌훌 벗었다. 그리고 한여름의 구마노강을 향해 뛰었다. 풍성한 나무 냄새 속을 헤치고 환성을 지르며 내달린다.

뗏목 위에 요시카즈와 다카시와 아키히로가 있었다.

시원하고 파란 강. 그리고 뗏목 냄새. 모든 것이 어린 우리를 흥분시켰다.

우리는 뗏목과 뗏목 사이의 짧은 거리를 앞다투어 헤엄쳤다. 헤엄치다 지치면 하얗게 마른 폐선에 올라가 갑판에 드러누워 몸을 말렸다.

"형아, 이 배, 움직이면 좋겠다."

동생의 그 말에,

"그래, 움직일 수 있으면 다 같이 바다로 나아갈 수 있을 텐데."

아키히로가 그렇게 말했다. 입술을 깨물었다.

"돈 벌면 이런 배쯤, 얼마든지 살 수 있어, 나."

요시카즈는 갑판에 볼을 대고 눈을 감았다. 갑판은 널따랗다. 배는 타오르듯 뜨겁다. 모든 것이 열기 속에 있다.

절반은 물에 떠 있고 절반은 뭍에 걸쳐 있는 배였다. 배가 불타오르고, 그 배에 들러붙은 우리도 불길처럼 타올랐다. 꿈은 조금도 없다. 과거도 미래도 생각지 않는다. 불길은 그

저 타오른다.

몸이 따듯해지면 뗏목에서 또 물로 뛰어들었다. 위험한 이 놀이는 위험해서 더욱 우리를 부추긴다. 눈을 뜨고 뗏목 아래로 잠수해 다음 뗏목까지 헤엄친다.

동생 차례가 다시 돌아왔다. 우리의 적인 다른 학교 아이들이 나타났다. 우리의 놀이터에서 그들을 쫓아내기 위해 우리는 물에서 나왔다.

다른 학교 아이들이 사라지자 우리는 또다시 그 놀이를 시작했다.

"이제 아키히로 차례야. 통나무가 열 개. 그 열 개를 숨 안 쉬고 지나가는 거다."

나는 아키히로를 부추겼다. 아키히로는 귀에 침을 바르고, "좋았어!" 하면서 물로 풍덩 뛰어들었다.

시간이 한참 흘렀는데도 아키히로는 물 위로 고개를 내밀지 않았다. 동생은 겁에 질린 얼굴을 내 팔에 비비며 말했다.

"아키히로, 물귀신에게 잡혀갔나 봐."

요시카즈도 추워서 버들버들 떨면서 말했다.

"나올 때까지 배 위에서 기다릴까."

나는 알고 있었다. 나 혼자만 알고 있었다. 우리들 중에서 내가 가장 어른이었다. 사타구니에는 솜털 같지만 솜털이 아닌 털도 나 있었다. 모든 것을 알고 있었다. 나와 동갑인 아키히로는, 바로 코앞인 저 물속에서 숨을 못 쉬고 있다.

폐선의 갑판에 팔을 대고 뗏목 아래를 쳐다보았다. 등짝이 이글거린다. 아키히로는 좀처럼 나오지 않는다. 통나무로 밀려오는 잔물결 소리가 유난히 크게 들린다. 나는, 무사히 빠져나왔다. 이글이글 소리가 날 정도로 등짝이 뜨겁고, 아프다.

"매미, 오늘은 안 잡아?"

불쑥, 동생이 물었다.

"아, 지금 잡으러 갈까."

나는 친구들에게 말했다.

집에 돌아가서도 아키히로를 까맣게 잊은 것은 아니었다. 그저 맴맴 울어대는 매미 소리에 정신이 팔려 있었다. 저녁을 먹을 때에야 동생이 부모님에게 말했다.

"뗏목에서 물로 뛰어든 다음에 사라져버렸어."

아키히로는 이틀 후 강의 하구에서 발견되었다. 거의 물에 녹아 있었다. 우리는 두 번 다시 구마노강에 헤엄치러 가지 않았다. 그리고 뗏목도 몇 년 지나서부터는 떠내려오지 않았다. 아키히로가 죽은 것은 7년 전 여름이다.

지금, 눈앞에 있는 구마노강은 예전의 강이 아니다. 이 비릿한 물 냄새도 그때의 강 냄새와 비슷하지만 같지 않다.

강바람이 짧은 머리를 스치고 지나간다. 정액 같은 냄새를 풍기는 검은 흐름을 쳐다본다. 구마노강이면서 구마노강이 아닌 강. 강 건너 불빛이 수면에 일렁거린다.

강 한가운데에 어선이 흔들흔들 떠 있다.

라디오에서 〈헬로, 돌리!〉(Hello, Dolly, 1964년에 초연된 미국의 뮤지컬)가 흘러나온다.

미쓰루가 그 멜로디를 따라 엉터리 휘파람을 분다. 이제 곧 아침이다. 날이 밝아온다. 어선을 강 한가운데로 끌어냈다. 술을 많이 마셔, 관절이 우지끈거릴 정도로 피곤하다. 그렇게 많은 술을 한꺼번에 위에 들이붓기는 처음이었다. 라디오에서 흘러나오는 주둔군 방송이 강물 위로 방방 울린다.

"미국 놈들, 이른 아침부터 한가롭군."

미쓰루가 말한다.

"자식들, 남의 나라에 있으면서."

"양키, 홍키, 통키."

니시카와가 말한다.

"아아, 예쁜 여자랑 연애하면서 이 한 몸 바치고 싶다."

니시카와가 옷을 벗는다. 하늘이 희붐하게 밝아왔다. 알몸이 되었나 싶더니, 배 위에서 구마노강으로 뛰어들었다.

우리도 옷을 벗고 물에 뛰어들었다. 오월 아침의 구마노강 물은 수영을 하기에는 너무 차가웠다. 피부 주위에서 물이 뜨겁게 튀었다. 차가운 물. 알몸이었다. 옛날은 지금과, 아주 비슷하다. 그러나 다르다. 알고 싶다, 모든 것을. 알기 시작한 이상, 다 알고 싶다. 나는 물에 녹지 않지만, 물의 아픔을 계속해 느끼고 있다. 하늘이 밝아올 때까지, 서로를 짓눌러 물속에 빠뜨렸다. 그 숨소리가, 신음처럼 들린다. 니시카와가 뒤에서 내 몸에 달려들어, 빠뜨리려 한다. 몸부림치는 내 성기를, 그곳이 가장 큰 약점이라는 듯이 잡으려 한다. 힘껏 헤엄쳐 그 손아귀에서 빠져나온 나는, 다시로의 머리를 노린다.

단층

야마자키 도오루에게

전에 우리 반 이시이에게 너의 편지를 전해 받고, 나도 모르게 얼굴을 붉히고 말았어. 편지 고마워. 이시이가 이렇게 좋은 일이 생겼는데 한턱 쏘라고 해서, 결국 라메르에서 파르페 두 개를 사고 말았네.

그 편지에, 다음 일요일에 '유카시가타'에 가자고 쓰여 있었는데, 몇 시에 출발하는 거야? 그리고 기차 타고 가는 거야, 버스 타고 가는 거야? 나는 버스가 더 좋은데. 하지만 너의 의견에 맡길게. 그럼, 학교에서 또.

Y가

향수 냄새가 희미하게 풍기는 유리의 편지를 읽고 있던 소설 책 사이에 끼웠다. 글씨가 예쁘다. 루퍼스가 백인 여자와 관계를 갖는 페이지에, 하얀 봉투에 든 유리의 편지를 끼웠다. 이대로 유리를 만나 "네가 보낸 편지, 여기, 여기 있어" 하면서 책을 내밀고, 유리가 그 페이지를 펼쳐 보고는 깜짝 놀라는 상상을 하자 웃음이 끓어오른다. 유리는 "징그럽게! 절교할 거야" 하고 말할지도 모른다. 아니면 자기 얼굴을 보면서 키들키들 웃는 내 얼굴을 한 대 갈길지도 모른다. 유리는 귀엽고, 청순하고, 기가 센 아이니까.

"뭘 그렇게 웃고 있니? 이상한 애네."

누나가 방에 들어와 내 어깨를 누르면서 물었다. 결혼한 지 3년 만에 아이를 둘이나 잇달아 낳은 누나는 남편이 없을 때면 친정집에 종종 놀러 와 시간을 보내고 간다.

누나의 호기심에는 당할 재간이 없다.

천황이 어떻다느니, 옆집 고양이가 음탕하게 늘 발정이 난다느니, 정치가의 세컨드가 텔레비전에 잘 나오는 어느 여배우라느니. 그러다 못해 미치코 비의 임신을 제 일처럼 기뻐하고는 또 걱정한다. 나야 어느 여배우의 배가 수박처럼 불러봐야 '잘들 노시는군' 하고 생각하는 정도인데.

"으윽, 뭐야, 이 냄새는. 남자 냄새가 날 나이가 된 건가."

괜한 참견이다. 누나는 콧노래를 흥얼거리면서 내가 신문에서 오려내 벽에 덕지덕지 붙여놓은 베트남 전쟁 사진을 바라본다.

"전쟁을 좋다하다니, 잔인하네. 어른 되려면 아직 멀었어, 너. 여자친구 없니? 입시를 앞두고 있어서 안 된다고 생각하는 거야?"

누나에게 편지를 보여줄까, 하고 생각했다.

"아버지는, 일하러 나갔어?"

그렇게 묻고서 누나가 내 얼굴을 본다.

"저 있지, 엄마에게는 아직 말 안 했는데. 아버지, 모임이다 마작이다 하면서 외출하는 날이 많잖아. 그런데 아버지, 엄마 말고 여자 있어."

떨려 나오는 말에 신경 쓰면서 누나는 납작한 가슴으로 숨을 크게 들이쉬었다.

"엄마는 아직 몰라. 집에서는 좋은 아버지인 척하면서. 자식 처지에 봐줄까 싶기는 한데, 그 고지마 어쩌고 하는 여자도 참 대단하지. 뻔뻔하게."

나도 알아, 하고 생각했다. 아버지가 여자를 후지장이라는 여관에 종업원으로 들여놓고 재미를 보고 있다는 걸. 아버지도 내가 알고 있다는 걸 눈치챘고.

니시카와의 집에서 밤늦게 고물 자전거를 타고 빙빙 돌며 돌아오는 길이었다. 어느 집에서 몸을 굽히면서 나오는 아버지를 보았다.

"내일 시청에서 보자고."

뒤따라 나온 여자에게 그렇게 말하고, 아버지는 걷기 시작했다. 처음에는 몰랐다. 그 파출소 뒤에 있는 집에서 아버지의 인심 좋은 친구들이, 웃고 떠들고 조마조마해하면서 마작을 하는 것이려니 했다.

멍청하고 코끼리 피부처럼 둔한 나는 "아버지" 하고 부르고 말았다.

아버지는 움찔하면서 걸음을 멈추고 얼른 돌아보았다. 아버지 얼굴에서 경련하는 듯한, 긴장한 듯한 어떤 끔찍한 것을 보았다. 내 온몸에서 미소가 소리 없이 사라졌다. 나는 그 순간 모든 것을 헤아리고 말았다. 저 입으로 무슨 번듯한 소리를 하든 내가 어디 들나 보라지. 아버지가 자전거에서 내려 움츠리고 서 있는 나의 가는 목을 주르러 다가오지 않을까 했다.

아버지는 그다음 순간, 낭패한 기색을 숨기면서 소스라칠 만큼 큰 소리로 말했다.

"도오루 아니냐. 난 또 누구라고. 이렇게 늦은 밤에, 왜 이런 곳에 있어?"

나는 다가오는 아버지 얼굴을 보면서 마냥 멍하게 서 있었다. 봐서는 안 될 것을 보고만 느낌에, 이쪽으로 걸어오는 아버지가 껄끄러웠다.

아버지가 내 어깨를 잡았다. 그 더러운 털북숭이 손으로. 욕지기가 꾸역꾸역 올라왔다. 도망치고 싶었다.

"너, 이렇게 밤늦게까지 싸돌아다니면서 놀면 안 되지."

힘을 잔뜩 주고 뼈가 불거진 내 얼굴을 마구 흔들었다.

"오랜만에 아버지랑 같이 걷자."

더러운 아버지와 오랜만에 같이 걷다니…… 싫다. 보나 마나 20분 전까지 그 여자와 한 이불 속에 있었을 것이다.

어깨에 놓인 아버지의 커다란 손에서 더러운 독이 온몸으로 퍼지는 것 같았다. 나는 그 손을 뿌리치고 자전거에 올라탔다.

"야, 도오루……."

서둘러 뭐라고 변명하려는 아버지를 뿌리치고 나는 있는

힘껏 페달을 밟았다. 모퉁이를 돌려는데 어둠 뒤에서 아버지 목소리가 들렸다.

"너 늦게 들어간 주제에 괜히 엄마 깨우면 안 된다. 아픈 사람이야."

병을 앓고 있는 건 당신이지, 하고 나는 생각했다.

정신없이 페달을 밟다 역 옆에 있는 커다란 도랑에 처박히고 말았다.

누나 말이 아직도 끝나지 않았다.

"아버지가 몸이 안 좋은 엄마 탓을 할지도 모르겠지만, 그래도 그렇지 너무 눈에 띄잖아. 정말 짜증 나는 여자야. 아버지는 자기가 뭐라도 되는 줄 아는지, 남자를 네다섯이나 데리고 술집에 가서, 어머나, 야마자키 씨 오셨어요, 하면, 아, 네네, 한다니까. 두고 봐. 내가 있는 한, 그런 여자, 가만히 놔두나."

누나는 말투까지 거칠어졌다.

나는 화가 났다. 나는 아버지 얘기를 아무에게도 하지 않았다. 어른의 더러움을 꼬집어봐야, 목청 돋워 외쳐봐야, 어른은 변명만 둘러댈 뿐이다.

"난, 몰라."

읽던 소설책을 들고, 누나를 남겨둔 채 방에서 뛰쳐나왔다.

"도오루, 우리 남매잖아. 이거 심각한 일이라고."

누나가 그악스럽게 소리친다. 나는 안채로 들어가, 누워 있는 엄마에게도, 시청에서 곰상스럽게 일하고 있을 아버지에게도 들릴 만큼 큰 소리로 외쳤다.

"어른들은 참 대단하다니까. 뭐든 할 수 있잖아. 자기 엉덩이는 제 손으로 닦으라고 해."

사랑

오월의 비가 학교 탱자나무 울타리의 어린 이파리를 적시고 있다. 탱자나무의 여린 가시가 우산 끝에 걸렸다. 부드러운 황록색 이파리가 내 우산에서 떨어지는 빗방울에 파르르 몸을 떤다. 손을 내밀어 천이 찢어지지 않게 가시를 떼어내자, 이파리와 나뭇가지에 머물러 있던 빗방울이 내 손목으로 주르륵 흘렀다.

이제 곧 그녀가 이 길을 지나간다. 토요일이니까 유리도 들떠 있을 것이다. 아니면 내일 날씨를 걱정하며 얼굴을 찡그리고 있을까.

비가 도랑물에 잔잔한 파문을 그린다. 8시 15분. 우산의 색감이 상큼해 여학생들의 얼굴이 예뻐 보인다. 우산 속에서

까르르 웃는 소리가 난다.

자전거가 왔다. 미쓰루가 우산도 쓰지 않고 휘이휘이 달려오고 있다.

자전거가 여학생들 사이로 비집고 지나가자, 꺄악꺄악 소리가 울렸다.

"비켜, 비키라고오오."

미쓰루가 크게 외치는 소리가 들린다. 어미가 장난스럽게 떨려, 여학생들의 비명이 웃음소리로 변했다.

자전거가 내 앞에 멈췄다. 내 바지 자락에 흙탕물이 튀었다.

"야, 너 여기서 뭐 하냐?"

그가 묻는다.

미쓰루의 등 뒤에서 여학생들의 웃음소리와 "멍청하기는" 하고 조잘거리는 소리가 들린다.

미쓰루에게는 시치미를 떼려고 했다.

"아무것도 안 해. 그냥."

"쳇. 나 다 알아. 너, 유리 기다리는 거지?"

그가 내 얼굴을 들여다보며 반응을 확인한다.

"그 말 많은 이시이에게 다 들었다고. 너, 유리에게 러브 레터 보냈다면서? 이시이 그 녀석이, 잘될 것 같으니까 둘을 잘

부탁한다고 하더라."

크림을 바른 머리칼에 빗방울이 튀고 있다. 미쓰루는 장난을 얼버무리려는 듯 그 빛나는 물방울을 손으로 떨어내면서 웃었다.

"니시카와 기다리는 거야……."

나는 벌겋게 달아오른 얼굴을 우산으로 가리면서, 생각지도 않은 말을 중얼거렸다. 잠시 후면 조회가 시작된다. 학생들이 부지런히 우리 앞을 지나간다. 유리는 카네이션처럼 빨간 우산을 쓰고 올 것이다. 섹시 레드. 유리의 우산을 볼 때마다 나는 그렇게 생각한다. 나는 유리가 쓴 그 우산에서 고결함과 청순함과 함께 여자의 부끄러움, 그리고 복숭앗빛 피부를 상상하고 만다.

나는 애가 탔다. 이제 곧 유리가 이 길을 지나갈 텐데. 미쓰루는 심술궂은 장난을 좋아하는 녀석이다.

"니시카와 기다리는 거면 그냥 교실에 가는 게 좋을걸. 그녀석 어디서 자고 왔다가 어젯밤에 아버지에게 들켰어. 종일설교 들었대. 엄격하다니까."

"아, 그러냐……."

섹시 레드, 섹시 레드, 하고 입안에서 중얼거렸다.

"나랑 같이 가자. 뭐 니시카와가 아니라 유리를 기다리는 거라면 나도 눈치 없게 같이 가자는 말은 안 하겠지만"

우산 끝으로 일부러 탱자나무 울타리를 건드려 빗방울을 떨어뜨리면서 걸었다.

천천히 걸었다.

페달을 밟으면서 미쓰루는 뚱해진 내 얼굴을 몇 번이나 돌아본다.

탱자나무 가시에 걸려 끝내 우산이 찢어졌다. 그런데도 나는 우산으로 빗방울을 떨어뜨리면서 걸었다.

곧 조회가 시작될 텐데, 유리는 아직 오지 않는다. 조금만 더 울타리 옆에 서 있었더라면 만날 수도 있었는데.

행운

그들 중에서 덩치가 가장 큰 남자의 오른 주먹이 내 아랫배를 파고들었다. 다음 순간, 부드러운 고통과 충격이 털 돋은 내 하복부에서 끓어올라 몸 전체로 퍼졌다. 왼 주먹이 내 얼굴로 날아들었다. 현기증 같은 검은 충격.

"빨리 해치워버려!"

고함이 일었다. 나는 몸을 일으켜 빈틈을 찾으려고 나를 에워싼 그들을 힐금 쳐다보았다.

"씨팔!"

나는 가장 덩치가 작고 놀라우리만큼 나와 비슷한 남자를 향해 돌진했다. 휘청거리면서 달려가 그 작은 남자의 아래턱을 힘껏 올려붙였다. 남자의 아랫입술이 찢어지고 점차 부어오르면서 뻘건 피가 흘러나왔다. 문득 떠오른다.

보트는 수면 위로 천천히 미끄러졌다. 그 만灣은 오월의 상큼한 햇살 속에서 조용히 일렁이고 있었다.

"어제 비 왔잖아. 그래서 오늘 날이 갤지 걱정스러웠어."

바구니 속에서 엷은 분홍색 손수건을 꺼내 바닷물에 적시면서 유리는 미소를 머금었다.

"그런데 다행이야. 이렇게 날씨가 좋아서. 우리는 운이 좋은가 봐."

그들이 나를 빈틈없이 에워쌌다. 내가 이렇게 대적할 자세를 취하는 한, 그들도 한꺼번에 달려들지는 않을 것이다. 아아, 이럴 때 다시로처럼 찰칵 소리가 나면서 날이 튀어나오는 멋진 잭나이프가 있었다면. 그들이 나를 에워싼 원을 점차 좁혀왔다.

"놓치면 안 돼!"

누가 도망친대, 미친 새끼들. 여섯 명이서 한 명을 때려눕히려 하다니 비겁한 놈들이다. 여드름이 덕지덕지 돋은 남자가 내 사타구니를 걷어찼다. 속이 울렁거릴 정도로 묵직한 통증이 올라온다. 나는 맥없이 늘어진 나의 음낭을 움켜잡고 주저앉고 말았다. 그들이 키들키들 웃었다. 덩치 큰 남자가 웃으면서 내 팔을 잡아 일으켰다.

"일어서, 건방진 새끼. 아주 따끔한 맛을 보여주지."

지금 생각하면, 유리가 했던 "우리는 운이 좋은가 봐" 하는 말이 비아냥처럼 느껴진다.

유리는 보트의 테두리를 톡톡 치면서 웃었다. 섹시, 섹시, 하고 나는 생각했다. 나도 그렇게 생각했다. 우리는 운이 좋다. 행운의 세대다. 전쟁에 동원되지도 않았다. 어머니가 얘기해 준 B29 폭격의 피해도, 그 공포도 경험하지 않았다.

하기야 어렸던 나는 소이탄 파편에 옆구리가 찢겨나간 아이 이야기와 남아시아 부근에서 벌어진 전투 상황을 듣고는, 일주일이나 엄마 품에 안겨 잠도 못 자고 땀만 뻘뻘 흘리면서 공포에 떨었다. 그런 생각을 하면서, 유리의 약간 들창코인 작은 코와 입술을 보고, 그 입술에 입술을 포개고 싶다고 생각했다. 니시카와는, 여자와 키스할 때는 상대의 입술 안으로 혀를 밀어 넣어야 한다고 내게 가르쳐주었다. 나는 엉덩이를 더듬고 가슴도 만지는 것이 좋다고 배웠다.

하지만 입술과 입술을 포개기까지 어떻게 끌고 가면 좋을

지 모른다. 나는, 섹시, 섹시, 하고 가슴속으로만 중얼거리면서 노를 젓다 말고 벌렁 드러누웠다. 유리가 내게 물을 끼얹었다. 만의 바닷물 위에서 보트가 출렁출렁 흔들렸다. 조금 전까지의 일이다.

두 남자가 양쪽에서 내 팔을 잡았다. 여자 같은 빨간 셔츠를 입은, 언젠가 학교에서 마주친 적이 있는 남자가 휘파람을 불면서 영화에 나오는 야쿠자처럼 갑자기 내 콧대를 후려쳤다. 찡 하는 충격이 일고, 마비된 콧구멍에서 피가 주르륵 흘러 내 하얀 셔츠를 적셨다. 대체 왜 때리는 거야? 유리와 손을 잡고 보트에서 내리는 나를 다짜고짜 둘러싸고 폭력을 휘둘렀다. 왜? 여자와 보트를 탄 게 놈들의 폭력성을 자극한 것인가. 유리는 저 높은 지대의 종려나무 뒤에서 나를 내려다보고 있을 것이다. 유리가 했던 "우리는 운이 좋은가 봐"라는 말이 얻어맞을 때마다 떠오른다. 섹시, 섹시, 하고 나는 생각한다. 생채기가 난 싸구려 레코드처럼 의미 없이, 섹시, 섹시, 우리는 운이 좋은가 봐, 하고 입속에서 뇌까린다.

양 볼이 부어올랐다. 뻘겋게 덩어리진 피가 온 얼굴에, 하얀 셔츠에 들러붙어 있다. 그들은 내가 일어서지도 못한다는 것을 알자 침을 내뱉고는 흩어졌다. 기절할 것 같은 고통 속에서 나는 소설의 주인공이 꿈처럼 잇달아 등장하는 것에 놀랐다. 섹시, 섹시, 말이 맴돈다. 의식이 멀어진다. 유리의 놀란 얼굴이 우습다. 웃음이 배 속에서 끓어오른다.

친구

우리는 차를 몰고 그 만이 있는 장소로 향했다. 어둠을 침식한 가게의 불빛으로, 불을 켜지 않았는데도 친구들의 얼굴이 보인다.

"그냥 놔둬."

퉁퉁 붓고, 말을 할 때마다 따끔따끔 아픈 입술을 만지면서 말했다.

"우리는 친구잖아. 친구 하나가 이렇게 얻어터졌는데, 어떻게 가만있어. 도오루 너를 이렇게 만든 놈들에게 두 배, 아니세 배는 갚아줘야지."

니시카와가 목 속에서 짓눌려 쉰 목소리로 말했다.

차는 교외를 향해 거뭇거뭇하게 뻗은 길을 달린다. 독이 섞인 친구들의 말에서 나는 겹겹이 굴절된 수치심을 느꼈다. 나를 에워싸고, 내 살을 부어오르게 하고, 피부를 찢어 피를 흘리게 하고, 기절시킨 그놈들.

"너희들이 갚을 건 없어. 나는 괜찮아, 나는……."

목이 메어 말이 막히고, 대신 눈물이 흘러나왔다. 밤하늘을 올려다보았지만, 구름이 꼈는지 별은 보이지 않았다. 검은 하늘이 부옇게 번져 보였다. 차의 짐칸에서, 고개를 쳐들고 울고 있는 자신이 사춘기가 막 시작된 소녀 같아서 우스웠다.

차는 병원 아래 모퉁이를 돌아, 미쓰루가 귀 기울여 듣고 있는 트럼펫 소리를 검은 도로에 뿌리며 만을 향해 달렸다.

구불구불한 커브 길에서 경광봉을 빙빙 돌리는 경찰에게 잡혔다.

"뭡니까?"

마쓰모토가 늙은 경찰에게 물었다.

"뭡니까, 라니. 벌써 10시가 넘었어. 라디오를 이렇게 크게 틀고 다니면 안 되지."

경찰이 손전등을 비추는 바람에 나는 눈이 부시고 눈물 자국이 부끄러워 투덜거렸다.

"어디 가는 거냐?"

"어딜 가든 우리 마음이지. 무슨 참견이야. 우리를 막을 권리가 어디 있다고."

니시카와가 그렇게 말하고, 운전대를 잡고 있는 다시로에게 그냥 가라는 신호를 보냈다. 늙은 경찰은 화가 났는지 재빨리 말했다.

"너희들, 고등학생이지? 몇 명이나 타고 있는 거야? 너, 면허는 있는 거야?"

늙은 경찰이 운전석에 앉은 다시로 쪽으로 얼굴을 들이대고 문을 열려고 했다.

"다시로, 달려!"

미쓰루가 외쳤다. 차가 럭비 선수처럼 내달리기 시작하는 순간 늙은 경찰이 뒤로 나자빠졌다. 달리기 시작한 조그만 타이어에 경광봉이 짓뭉개져 빛이 사라졌다.

조금 달리다 차를 세웠다. 다시로가 운전석에서 뛰쳐나가 늙은 경찰의 몸으로 다가갔다.

경찰의 조그만 몸은 움직이지 않았다. 이마에서 검은 피가 흘렀다.

"죽은 거야?"

니시카와가 차에서 내려 그 몸을 툭 쳤다. 나는 겁이 더럭 났다. 늙은 경찰은 마치 까마귀 같은 꼴로 도로에 쓰러져 있었다. 나는 알고 있어, 하고 생각했다. 몸에서 힘이 쭉 빠졌다.

"죽은 것 같은데. 머리를 쳤나 봐."

마쓰모토가 낮은 소리로 주절거렸다.

"나, 도망칠래!"

다시로가 갑자기 묘지를 향해 달리기 시작했다. 무덤 사이로 뛰어가는 다시로를 쫓아가면서 니사카와가 귀신처럼 쉰 목소리로 외쳤다.

"그런 데로 도망치면 잡히지."

다시로가 멈췄다. 니시카와는 다시로의 등을 껴안고 묘지에서 데려왔다. 수염 한 오라기 돋지 않은 어린 얼굴이었다. 웃으면 보조개가 생긴다.

"누가 운전 좀 해라."

니시카와가 말했다.

다시로 대신 내가 운전석에 앉아 운전대를 잡았다.

밤은 점점 깊어갔다. 첫 번째 고개를 넘었는데도 나는 무서웠다. 누구 하나, 아무 말이 없었다. 숨도 조용히 쉬고 있다. 공기도 엷다.

거뭇거뭇하게 이어지는 산들, 도로 위를 검게 뒤덮은 나뭇가지에도 겁을 먹으면서 우리는 멀리 태평양이 바라보이는 두 번째 고개로 올라섰다.

"도오루, 차 세워."

니시카와가 말했다.

고갯마루 끝에 차를 세우고 우르르 내렸다.

"시체가 곧 발견되겠지."

다시로는 마쓰모토의 어깨에 머리를 비벼대며 훌쩍거렸다.

"경찰이 출동하고, 미와자키나 나루카와 경찰서로 연락이 가서 검거망이 펼쳐질 거야."

마치 남 애기 하듯 말하는 니시카와의 목소리에 힘이 더해간다.

"도망쳐봐야 소용없어."

미쓰루는 다시로의 어깨에 손을 얹고, 점차 간격이 벌어지는 의사소통을 회복하려 한다. 우리는 자칫 잘못하면 뿔뿔이 와해되어버릴 듯한 상태에 있었다.

니시카와의 말을 무시하고 미쓰루가 말했다.

"그냥 도망치자. 이 산속으로."

산은 가시 돋친 밤을 소리 없이 품고 있다. 어떻게 되든 무슨 상관이야, 하고 나는 생각했다. 두려움이 밖으로 튀어나온 것처럼 아무 말도 못 하고, 우리는 일제히 그 산을 향해 뛰었다.

나는 삼나무에서 뻗어나온 잔가지에 등을 대고, 위화감을 느끼면서 웅크리고 있었다. 발치에는 무성하게 돋은 잡초, 덜 자란 가시나무, 우리들, 모든 것이 캄캄한 어둠에 녹아 존재를 알 수 없다. 그래서 다행이었다.

바람이 불 때마다 발치에서 풀이 흔들리고, 삼나무의 검은 가지가 윙윙거렸다. 어둠이 모든 것을 뒤덮고 있다. 완벽

한 어둠이다. 차를 버리고 이 산속에 숨어들기 전까지는, 저 멀리에 당당한 희망, 검은 하늘과 바다에 피어오른 고기잡이 배의 불빛을 볼 수 있었는데, 이곳에는 바람이 희망의 깨진 조각인 바다 냄새를 희미하게 날라다 줄 뿐이다.

우리는 우리에게 갑자기 닥친 인간의 죽음에 극도의 공포를 느끼고 있다. 바람이 불 때마다 숨이 막혀 죽을 것 같다. 조금이라도 움직이면 죽음이 우리를 한꺼번에 습격해 온몸이 짓뭉개질 것 같다. 우리는 아무 말도 하지 않는다.

"내가 죽인 거야."

나는 부은 얼굴을 인식한다. 다시로는 흐느끼듯 울었다.

"내가 사람을 치었어."

우리는 말없이 다시로를 쳐다보았다. 울어봐야 소용없다. 어떻게 할 방법이 없다. 여기가 끝이다. 친구답게 다시로를 위로해주고 싶은데, 할 말이 떠오르지 않는다. 나의 우정을 고스란히 그대로 전할 수 있는 말이 나오지 않는다.

"니시카와, 나 무서워. 나 무서워, 내가 죽였어."

다시로는 삼나무 기둥에 머리를 벅벅 비비면서 자신의 말에 스스로 더 흥분해서 울었다.

"다시로, 너는 잘못 없어. 내가 달리라고 했으니까."

미쓰루가 말했다. 목소리가 나뭇잎처럼 떨렸다.

"나, 도망치고 싶어. 어디 멀리로 도망치고 싶어. 소년원에 들어가기 싫다고. 내가 사람을 죽이다니."

다시로는 삼나무 둥치에 웅크리고 앉아 훌쩍거린다.

"어디로 도망치겠다는 거야. 갈 데 있어? 사람은 너나 할 것 없이 다 방귀처럼 사라진다고. 입 다물고 가만있으면 돼."

삼나무 기둥에 손을 대고 먼 어둠을 쳐다보면서 니시카와가 떨리는 목소리로 말했다.

다시로는 어리광을 부리듯 코맹맹이 소리로 말했다.

"도망치고 싶어. 어디든, 다른 곳으로."

"도망쳐도 잡혀. 오사카로 도망치든, 도쿄로 도망치든. 그리고 사람을 치어 죽였다는 게 평생 네 마음속에 들러붙어 있을 거라고. 도망쳐봐야 소용없어."

마쓰모토가 감정을 억누르다 못해 내 어깨에 손을 얹으면서 말했다.

"다시로, 우리 아버지에게 경찰과 교육위원회에 부탁해달라고 할게. 과실이었다는 게 인정되면 소년원에 가지 않아도 될 거야. 2주 정도 정학 처분 받고 끝날지도 몰라. 방귀처럼 죽었다고 말해줄게."

니시카와가 말했다.

"이제 됐어! 그렇게 비열한 짓은 하고 싶지 않아! 나, 도망

칠 거야. 어차피 하나도 없잖아. 좋은 일은 하나도 굴러들어
오지 않는다고. 살인자로 전국을 떠돌다. 붙잡히겠다 싶으면
베트남으로 밀항할 거야. 베트남의 살인자들 사이에 껴서 닥
치는 대로 죽일 거야."

다시로가 벌떡 일어선다.

"나도 도망갈래. 그런 학교는 똥이라고 해. 니시카와, 너희
들이나 잘 다녀. 난 지구 밖으로 도망칠 거야."

미쓰루가 소리를 꽥꽥 지르고는 야유하듯 헤실헤실 웃었다.

"야, 도오루. 너도 우리랑 같이 갈래?"

다시로가 나까지 끌어들이려 했다. 나는 삼나무에 등을 기
댄 채 어둠 속에서 움직이는 다시로를 말없이 쳐다보았다.

"안 가? 우리 다 같이, 전쟁에 나가자……."

다시로가 말했다.

우리는 떠나는 다시로와 미쓰루를 배웅하려고 두 번째 고
개로 돌아왔다. 바닷바람이 세게 불어와 머리칼과 바지 자
락이 휘날렸다.

"난 도망칠 거야. 베트남으로 갈 거야."

다시로는 총부리를 쑥 내미는 시늉을 했다. 두두두두, 하
고 입으로 총소리까지 낸다.

"베트남에서 좋은 거 보내줄게."

둘은 차에 올라타자 "잘 있어라" 하고는 사라졌다. 고갯마루를 달려 모퉁이를 돌자 차는 어둠에 녹아들고 말았다.

나는 다시로와 미쓰루를 배신한 듯한 느낌에, 방귀를 붕붕 내뿜으며 달려간 차를 떠올렸다. 또 친구를 잃었다. 폐선의 하얀 갑판에서 "그래, 움직일 수 있으면 다 같이 바다로 나아갈 수 있는데" 하고는 입술을 깨물었던 아키히로의 옆얼굴이 떠올랐다.

"좋은 게 뭔데?"

마쓰모토가 걸으면서 묻는다.

아무도 대답하지 않는다. 숨이 막힐 듯한 후회가 고개를 쳐들었다.

나는 갑자기 달려나갔다. 니시카와와 마쓰모토를 돌아보지 않고, 구마노강 상류에 있는 그 도시를 향해. 숨이 차오르고 얼굴과 배가 아파왔지만, 그래도 쉬지 않고 달렸다. 더러워진 자신을 떨쳐내려는 듯 어둠 속을 달렸다.

18세

체육복으로 갈아입고, 체육 수업이 시작될 때까지 반 아이들과 축구를 했다. 공격수든 수비수든 다 같이 둥글고 딱딱한 고무공을 쫓아 뛰어다닌다. 막 점심을 먹은 데다 공이 굴러가는 대로 온 운동장을 이리 뛰고 저리 뛰다 보니 옆구리가 조금 아팠다.

"야, 도오루."

어깨를 들썩이며 헉헉거리다 돌아보니, 니시카와와 마쓰모토가 손을 들어 신호를 보내고 있었다. 운동장을 빙 두르듯 설치된, 다 썩어가는 커다란 야구 관전용 벤치 제일 위 칸에 있던 둘이 웃으면서 내려와 말했다.

"너, 기운도 좋다. 어젯밤에는 걱정 많이 했는데."

어젯밤의 사건으로 얘기가 번질 것 같아, 아직 숨이 찬데 그저 숨을 쉬는 것처럼 입을 벌리고 화제를 돌리려고 물었다.

"아침에는 왜 학교 안 왔냐?"

"아버지가 오늘은 학교 가지 말라고 하더라. 마쓰모토는 차 찾으러 다녔고. 차를 도난당했다고 했더니 아주 난리가 났어."

"녀석들에게 선물한 거였는데. 엄마들은 다시로와 미쓰루가 차 몰고 간 건 모르니까, 도난당했다고 경찰에 신고한다잖아. 경찰에 신고하면 베트남에 가서 총 한번 쏴보기도 전에 잡힐 것 같아서 말렸지만. 결국 내가 신고하기로 하고 일단 소동은 잠재웠어. 하지만 물론 나야 신고 안 하지. 그러면 친구를 밀고하는 거잖아."

마쓰모토는 그렇게 말하고는 씩 웃었다.

탱자나무 울타리 부근에서 바람이 휭 불어, 풀풀 일어난 흙먼지가 이쪽으로 달려온다.

"도오루, 오늘 아침 신문 봤냐?"

니시카와가 장난스럽게 물었다.

"아니. 다시로하고 미쓰루, 잡혔어?"

내가 되묻자, 마쓰모토가 바지 뒷주머니에서 신문을 꺼내 내게 건넸다.

"읽어봐."

니시카와가 그렇게 말하고 야비하게 웃었다.

"경찰을 치어 죽인 게 우리라는 게 들통난 거야?"

내가 그렇게 묻는데도, 니시카와는 대답은 하지 않고 어깨를 흔들며 낄낄거렸다. 니시카와는 다시로와 미쓰루를 조롱하는 것이다. 그때, 한 늙은 경찰을 치어 죽이고, 사람의 죽음에 겁을 먹었다. 다시로와 미쓰루도 그랬다. 나는 나이가 같은 니시카와가 다시로와 미쓰루를 조롱하고 비난하는 것은 용납할 수 없다.

"왜 그렇게 웃어. 조롱할 일이 아니잖아. 뭐가 우습다는 거야. 너, 가만 안 둔다."

니시카와는 나의 분노를 보고서도 웃음을 그치지 않는다.

"야, 그런 소리 말고 신문이나 읽어봐. 너도 보나 마나 웃을 테니까."

갑자기 불안해서, 꼼꼼하게 접힌 신문의 사회면을 펼쳤다.

〈가짜 경찰, 뺑소니차에 치어 중태〉

대문짝만 한 제목 아래 기사가 실려 있다.

가짜 경찰? 그 까마귀 같은 늙은 경찰이 가짜였다니. 경찰이 가짜? 게다가 아직 죽지 않았다.

"그 가짜가 우리에게 돈을 뜯으려고 한 거였어. 무면허 운전이라느니, 교통 위반이니 하고 호통치면서. 어른들은 대체 무슨 생각을 하는 건지 모르겠다니까. 비참하다. 웃기고 더러워."

마쓰모토는 그렇게 말하고 운동장에 침을 뱉었다.

나는 뭐가 어떻게 된 건지 도무지 알 수 없었다. 그저 '가짜 경찰, 뺑소니차에 치어 중태'라는 글자와, 니시카와의 "너도 보나마나 웃을 테니까" 하던 말과, "웃기고 더러워"라고 한 마쓰모토의 말이 레코드처럼 빙빙 돌았다. 나는 큰 소리로 웃어야 할까? 마쓰모토처럼 오후의 햇살에 후끈거리는 운동장을 향해 침을 뱉어야 할까? 도무지 이해할 수 없다.

체육 시간 벨이 울렸다.

내 얼굴을 흥미진진하게 쳐다보던 니시카와는, 입가에 남아 있는 웃음의 찌꺼기를 떨어내고 내 어깨에 손을 얹으며 말했다.

"나, 도쿄에 있는 고등학교로 전학 가게 되었어⋯⋯."

"갑자기 왜⋯⋯?"

니시카와가 내 물음에는 대답도 하지 않고 억지로 킬킬 웃는다. 어깨에 놓인 니시카와의 손가락에 힘이 들어가고, 옷을 통해 전해지는 그의 손가락 온기로 나는 모든 것을 알아챘다.

"어쩔 수 없지 뭐."

니시카와가 말한다.

나는 니시카와를 비난하지 않는다. 니시카와가 어젯밤, 죽음의 공포를 이겨내지 못한 나머지 다시로가 차를 몰다 늙은 경찰을 치어 죽였다고 사건의 전말을 아버지에게 털어놓았고, 그 결과 처벌당하기 전에 도쿄로 전학 가게 되었다 해도.

"언제?"

"내일 밤, 떠날 거야. 나랑 너, 사이좋게 잘 지냈는데. 배웅하러 나와줄래?"

니시카와가 맥없이 물었다. 수치심을 견뎌내듯 시선을 떨군다. 오후, 가미쿠라산 저편으로 기울 채비에 들어간 태양이 빛을 더해, 눈가에서 금색 솜털이 빛난다. 니시카와는 이제 어른이다. 나보다 조금 늦게 태어났으면서.

"알았어. 나갈게. 친구였으니까."

나는 있는 힘껏 미소를 띠고 말했다.

"그래, 꼭 나오는 거다."

그렇게 말한 니시카와는 마쓰모토에게 턱을 치켜들어 신호를 보내고, 내게는, 그럼, 하면서 손을 들어 보이고는 슬렁슬렁 걷기 시작한다. 이럴 때는 껄껄 웃는 웃음이 어울린다. 뱃가죽이 비틀릴 정도로, 눈물이 찔끔 나올 정도로, 운동장에서 데굴데굴 구를 정도로 웃는 게 어울린다.

우리들, 아무리 착하게 굴어도 소용없어. 또 세찬 바람이 불었다. 흙먼지와 종이 쓰레기가 휘날리고 내 모자까지 날아갔다. 빙글빙글 돌다, 흙 위에서 구르다, 배구 코트 쪽으로 날아가는 모자를 눈으로 좇으며, 나는 배 속에 그득하게 고여 있던 웃음을 한꺼번에 토해내려 했다. 그 소리는 웃음소리가 아니라 매머드의 외침 같았다. 모자를 잡으러 뛰어가면서, 다시로와 미쓰루도 곧 잡히겠다는 생각을 한다. 나는, 모든 것을 알고 있다. 무슨 짓을 해도 소용없다. 모자를 잡아 푹 눌러쓰고 정렬을 끝낸 반 아이들 쪽으로 뛰어가는데, 뭐라 표현할 수 없는 슬픔이 내 몸을 덮쳤다.

JAZZ

<u>1</u>

빌딩 지하에 있는 청춘의 조그만 모임터. 하이미날에 절고, 정액 냄새를 풍기는 젊은이들이 모여들어 달Dahl의 그림처럼 건강한 몽상에 젖는다. 고목에서 때까치가 지저귀듯 트럼펫이 노래하고, 드럼 소리가 울린다.

우리는 죽어 있다. 우리는 죽어 있다. 이빨은 피그미족 추장에게 바쳤고, 우리는 죽어 있다.

드럼은 몇 억 광년 전의 관대함을 칭송한다. 매머드가 들판을 위풍당당하게 걷던 시대는 좋았다. 벽에 기대어 두 명의 이름을 새겼다. 베이스가 벽 너머에서 붕붕 피를 보내고 있다.

2

그곳은 늪이었다. 재즈의 미친 리듬에 형이상학의 관념을 담아 천천히 낙하하는 로코코풍 램프가 있었다.

피아노는 시를 노래하고, 친구들은 비참한 사정 후에 느끼는 비애를 알았다. 담배는 바다에 녹아든 비너스를 생각하고, 눈물 같은 공기에 떠올랐다. 석회색 코카콜라는 델로니어스 몽크의 손가락에서 현재로 환원된다. 피그미족의 제사용 마스크를 보면 신구에서 지냈던 겨울이 떠올랐다. 그 무렵의 친구들은 노쇠했다. 소년기는, 겨울의 햇볕 속에서 자는 잠 같은 것이다. 고목 위에 앉아 노래하는 때까치처럼, 트럼펫은 센티멘털을 뒤흔들었다.

3

천천히 피어 흐드러진 치자꽃을 알고 있다. 그 여름날의 강가처럼, 끝없이 펼쳐진 내일은 지금의 내게는 없다.

어린 시절, 나는 신이었다. 누나는 플루트 선율에 맞춰 춤추는 여신처럼 들판을 뛰어다녔다. 도랑을 덮은 널빤지 너머 옆집 마당에는, 연지색 장미 꽃망울이 딱딱하게 바람을 맞고 있었다.

소년기의 보드라운 감상이 숄처럼 나를 감싼다. 여기 있는 나는 이미 신이 아니고, 소년도 아니다. 흑인들의 검은 벨벳 같은 손과 구강염에 걸린 붉은 혀에서 빚어진 JAZZ를 그저 듣고 있다. 신화에서 튀어나온 저 수풀 냄새는 머나먼 꿈. 죽은 정어리의 눈과 얼어붙은 심장과 함께, 몇 억 광년이나 먼 과거를 생각해본들 무슨 소용이 있을까. 지금 우리에게 남은 것은 홋카이도와 파리의 콩코드 광장에서 미지의 사랑을 아는 것뿐이다.

4

코냑 한 잔에 몸이 취하고, 애드벌룬에 담긴 사상이 기분 좋게 바람에 날린다. 지니고 다니기 편리한 지식, 이 얼마나 유쾌한 현재인가. 럭키볼의 구멍으로 굴러 들어간 나 자신의 좌절, 애처로운 코카콜라 방울처럼 젊은이들이 눈물을 흘린다. 사람은 느끼지 못하리라, 모닥불에 던져진 처녀의 한쪽 팔 따위는.

JAZZ, JAZZ, SOUL, JAZZ, 울려라, 두드려라, 드럼. 소인족의 전투의 춤처럼, 몇 만 명이나 죽은 그 미래를 위해.

코냑 한 잔에 몸이 떨린다. 첫사랑 같은 이미지에 싸인 나의 현재를, 가시를 세우고, 짓찢으려 한다.

5

인간이라는 것에 지혜가 있다면, 이 와글거리는 소음에 길든 개들을 뭐라 설명할까. 순간의 광대한 공생감을 지니고, 떨리는 허영의 울림과 함께 다가오는 청결한 손. 휘파람을 불면서, 이 불행을 위해 충실한 군상에게 형이상학을 요구하기에는 염치가 없다.

터지고 녹아버리는 콜라의 슬픔과 시적 이미지가 애무하는 드로란(진통제의 일종)의 쾌락은 구마노강 물처럼 차갑게 얼어붙어야 하는데. 비 개인 하늘이, 8세기의 향수를 환기하듯 리듬에 취한 현재를 미치게 한다.

6

사랑처럼 차갑게 얼어붙은 손가락을 그 얼굴에 대고, 소녀는 하얀 눈물을 흘렸다. 석유스토브 무덤의 온기와 콜라 한 잔을 앞에 놓고, 알토 색소폰의 울림과 함께 씁쓸한 고전적 미소를 보이고, 친구들의 절망을 닮은 리듬 타는 손의 움직임에 동의하려 했다.

'비앙'이라는 프랑스 말의 떨리는 현재는 JAZZ 속에 녹아들려 한다.

랭보는 겨울의 길모퉁이에서 한 소녀의 손에 아무것도 남기지 않았다.

7

조지의 차에서, 라며 웃었던 여자는 보사노바를 타고 천국으로 오르려 한다. 라리루루레레, 흥분한 담배 연기.

헌터는 주정뱅이를 대량생산하기 시작했다. 달이여, 한탄하지 말지니, 키츠의 추억을 지워라. 그 한순간에 핀 배꽃을 가만히 놔두지 않으려나.

8

여자는 손가락 끝으로 그리스 신화를 만지작거리고, 영원히 회복되지 않을 낭만의 세계를 사랑했다. 이제는 인간이 아니라고 탄식하는 젊은이는, 시간을 내던진 입술 끝으로 허무를 갈았다.

목이 뜯겨나간 박제 오리, 쇠사슬에 묶인 나 자신의 감상.

여자는 백만 번 하품을 흘리고, 맥스 로치의 주장에 항의했다. 노란색 램프는 모임터의 젊은이들에게 솜털을 베푼다. 그 조그만 피터 팬의 연인은, 다리를 쭉 뻗은 오십 알의 무릎에 몸을 맡기고 있다. 잿빛으로 춤추는 담배 연기는 그림자 속에 나를 에워싸려 한다.

9

빛이 거리를 뒤덮고 있다. 인간이라는 생물의 한탄 부호가, 인파 속으로 사라진다. 절대 무한은 저 비트족에서 발생했다.

비 개인 낮, 보도가 빛의 띠를 만들며 빛난다. 떨어지지 않은 고엽이 빗방울을 머금고 바람에 흔들린다. 멀리서 전철이 지나갔다. JAZZ의 울림을 희미하게 남기고, 나는 인파 속을, 역을 향해 걸었다.

10

허공에 뜬 차바퀴는 젊은이들의 한숨에 삐걱거렸다. 우리가 그 존재를 몰랐을 때, 아버지들이 사용했던 포격 소리는, 베시 스미스의 검은 엉덩이 뒤로 흐르는 키스의 노래로 감쪽같이 사라진다.

초인이라 선언하고, 자기 스스로를 살육하고, 드로란의 환각으로 돌아간다며 웃던 젊은이는 이제 없다. 철학을 먹어치운 금붕어처럼, 소리 없이 소멸되고 말았다.

친구들에게 형용되어야 할 말은 없었다. 저 돌연변이에게 불러줘야 할 만가를 우리는 몰랐다.

E · 여장한 미소년

그것은 바람기 많은 어감과 함께, 현재를 죽인 젊은이에게 주어진 칭호일 것이다.

다카오와 미쓰코

隆 男 と 美 津 子

맨 전구의 불빛에 드러난 한 평짜리 방의 벽. 그 벽에 붙어 있는, 빛바랜 남쪽 지방의 바다 사진을 바라볼 때마다 나는 두 젊음의 죽음을 떠올린다.

작년에 나는 열여덟 살이었다. 한탄도 슬픔도 아닌 감정이 미쓰코와 다카오의 죽음과 겹쳐, 나를 숨이 갑갑하도록 뜨거운 상태로 몰아넣는다.

신주쿠 역의 동쪽 출구가 있는 건물 3층에는 모던재즈 카페 '톰'이 있다. 그때 거기에는 소니 롤린스의 음악이 흐르고 있었다.

나는 입시 학원의 오후 수업을 빼먹고 모르타르가 군데군데 떨어진 계단을 올라가고 있었다.

문을 열고 카페 안으로 들어서자, 지금까지 바람을 타고 들렸던 조그만 소리가 갑자기 너울처럼 변해 내 몸을 덮쳤다.

내가 가장 좋아하는 순간이다.

재즈가 몸을 뒤덮는다. 나는 친구들을 찾았다.

다카오와 미쓰코가 있었다. 제일 구석 자리, 피츠제럴드 엘라의 커다란 얼굴 사진이 걸려 있는 벽에 기대, 둘이 거의 얼굴을 맞대고 앉아 있었다.

저 녀석들, 또 하이미날(수면제의 일종, 전공투 시대에 주로 히피족들이 흥분제로 사용)을 먹었겠지. 그렇게 생각하면서 나는 테이블과 테이블 사이를 지나 그들에게 다가갔다.

내가 두 사람 앞에 서자, 다카오가 나를 알아보고는 웃었다. 수면제 때문에 몽롱한 탓인지, 다카오는 애매한 웃음을 보이고는 미쓰코의 어깨에 기대고 말았다.

"다카오, 오늘도 약 먹은 거야?"

나는 다그치듯 물었다.

그들과 같은 테이블에 앉아, 모딜리아니의 그림 속 여자처럼 꾸민 웨이트리스에게 콜라를 주문했다.

미쓰코는 이제야 나를 알아보고 "왔어" 하고는, 담배에 불을 붙였다.

"아침에 어떻게 된 거야? 학교? 계속 방에 있었어? 보스 집에 두 번이나 전화했었어."

미쓰코는 연기를 토해내기도 귀찮다는 듯이 머금은 채 말을 하다 컥컥거렸다. 눈을 깜박거리면서 손가락으로 양 눈가를 누른다.

보스는 나를 가리킨다.

"왜? 무슨 일로?"

내가 묻자, 미쓰코는 갑자기 말을 잃어버린 것처럼 입을 다물고는, 어깨에 기대 덩치 큰 개처럼 선잠에 빠진 다카오의 이마를 쓰다듬었다. 다카오는 귀엽게 생겼다. 볼은 여자처럼 매끈하고, 입술 위에는 치모처럼 가늘고 짧은 수염이 돋아 있다.

"우리, 일을 시작할까 싶어서."

미쓰코는 눈 하나 깜박이지 않고 내 얼굴을 빤히 쳐다보며 말했다. 그러나 미쓰코의 눈에는 아마 내가 보이지 않을 것이다.

"돈이 다 떨어졌어. 다카오 집에서도 이제 돈을 보내주지 않아. 그래서 보스에게 전화했어. 우리가 할 만한, 적당한 일이 없을까 해서. 아침에 집에 없었지?"

나는 다카오의 친구였다. 그리고 미쓰코와도 잔 적이 있다. 미쓰코는 젖가슴이 크고 엉덩이도 탱탱하다. 짧은 바지 아래로 드러난 다리도 단단해서 단거리 주자 같다. "재즈 카페에서 멍하게 있을 때가 최고지. 길거리에 꾸물꾸물 기어 다니는 애벌레 같은 인간들은 모를 거야." 둘은 늘 그렇게 말했다. 다카오는 말랐는데, 미쓰코는 다카오와 같이 지내면서도 살이 빠질 기미가 없다.

"일을 하겠다고 해서……."

그렇게 중얼거려보았지만 이미지는 떠오르지 않는다. 미쓰코가 내 얼굴을 쳐다보고 있다. 미쓰코는 어깨에 기대 자고 있는 다카오를 보며 말한다.

"언제나 정신은 나가 있지. 요즘은 제대로 먹지도 않아서 머리가 안 돌아가."

그리고 다카오의 머리를 톡톡 치고는 또 내 얼굴을 빤히 쳐다보면서 자기 머리 위에다 손가락을 빙빙 돌린다.

"나도 늘 이러니까."

다카오가 눈을 떴다. 미쓰코는 몽롱한 다카오에게 입을 가까이 대고 말한다.

"일 때문에 의논하고 있어."

다카오는 미쓰코가 키스를 하려는 줄 알았는지, 입술을

벌리고 얼굴을 들이댄다.

"아이, 참."

미쓰코가 웃자 보조개가 파였다.

"일 얘기 하고 있는데."

다카오는 미쓰코의 말을 듣고서도 이렇게 말한다.

"네가 몸 팔면 되잖아. 미쓰코, 얼마나 잘한다고. 그렇지? 보스도 알고 있을 텐데. 내가 넋 나가 있을 때 미쓰코랑 했잖아."

"이런 바보."

미쓰코가 부끄러워했다. 미쓰코도 다카오도 나와 같은 열여덟 살이었다.

"내가 왜 바보야. 내 앞에서, 천연덕스럽게 해놓고서. 나중에 한 대 갈겼잖아."

"정신 좀 차려, 다카오."

내가 말했다. 몸을 벽에 기대고, 담배를 피웠다. 부드러운 현기증이 인다. 베이스의 낮은 울림이 벽을 타고 온몸에 전해진다. 그때 나를 유혹한 건 미쓰코였다.

학원의 여름 특강이 끝난 후에도 대학 입시까지 남은 기간 동안 집중해서 공부하려고 수업을 성실하게 들었다. 나

역시 다른 입시생들처럼 내년에 치를 시험에 불안감을 느끼고 있었다. 그러나 사실 불안 따위는 거짓이다. 아무래도 상관없다.

유순한 새끼 산양 같은 입시생이 될 수도 있고, 입시 학원을 언제 그만둬도 상관없었다. 나는 재즈를 듣는 게 가장 좋았다. 당장 재즈를 들을 수 있다면, 앞일은 어떻게 되든 아무렇지 않다. 케세라세라, 될 대로 될 것이다. 되지 않아도, 괜찮다.

구월 하순이 되어도 달라지지 않았다. 나는 공부에 전념하지 못하고 '톰'을 드나들며 모던재즈를 들었다.

그러다 우연히 그들과 마주쳤다. 3주 만이었다.

"다카오, 오랜만이다."

나는 껄렁껄렁하게 말했다. 다카오는 그날도 멍했다. 다카오가 휘청휘청 일어나 나를 껴안고 말했다.

"얼마나 보고 싶었다고. 사랑해."

다카오의 목소리에 손님들이 모두 이쪽을 보았다.

"야, 우리 전에 2 대 2로 했었지, 그렇지."

"징그럽게."

미쓰코가 말한다.

"너도 좋아했으면서."

다카오가 미쓰코에게 말한다. 미쓰코는 다카오의 팔을 잡아 자리에 앉히면서 말한다.

"보스는 공부 때문에 바쁘잖아? 나도 중학교 때는 언제나 톱이었어. 그러다 옆길로 새서 탈이었지."

무슨 속셈인지 다카오가 미쓰코의 젖가슴에 손을 올린다. 미쓰코가 그 손을 뿌리쳤다.

"재미있는 일이야."

"뭘 하는데?"

내가 물었다. 미쓰코가 고개를 숙였다.

다카오는, 미쓰코는 안중에 없다는 듯 "재미있는 일"이라고 중얼거린다. 그리고 내게 가까이 오라고 손짓하고는 목소리를 낮춰 말한다.

"이 녀석이 바람기가 많잖아. 그래서 그런 장사야."

"그런 장사?"

미쓰코가 다카오를 대신해 "자살미수업"이라고 말했다.

"뭐라고?"

나는 미쓰코의 말을 이해할 수 없어 다시 물었다.

"동반자살미수업이지."

다카오가 대답했다.

다카오는 그 '동반자살미수업'이라는 일이 어떤 일인지 설명하지 않았다.

동반 자살이란 사랑하는 두 사람이 같이 죽는 것이고, 미수라는 것은 성공하지 못했다는 뜻이다. 죽지 못하는 것이 어떻게 사업이 될 수 있는지, 보수는 어느 정도인지, 나는 전혀 상상이 가지 않았다.

"동반 자살이 어떻게 사업이 될 수 있지? 벌써 개업을 한 거야?"

"어, 우리 동반자살미수업을 시작해서, 벌써 5만 엔이나 벌었어."

나는 자랑스러워하는 다카오의 말투에 약간 혐오감을 느꼈다.

우쭐거리며 말하는 다카오를 빤히 쳐다보고, 그리고 '톰'의 벽에 걸린 피그미족 제사용 가면의 눈을 쳐다보고, 바지 주머니에 조용히 숨어 있는 담배를 꺼내 입에 물었다. 미쓰코가 성냥을 긋는다. 손가락 끝을 파르르 떤다. 성냥에 붙은 불을 쳐다보면서, 나는 다카오와 그녀의 동반자살미수업이라는 사업의 내용을 상상하느라 불 붙이는 걸 깜박하고 말았다.

"빨리 붙여."

미쓰코가 투덜거렸다.

"동반자살미수업이 뭔데?"

나는 물었다.

"그게 말이지, 우리, 그 일을 시작하기 전에 무슨 일을 하면 좋을지 생각을 많이 했어. 그런데 좋은 일이 없더라. 언제나 약에 절어 있는 우리가 기계나 기름 사이에서 허우적거릴 수는 없고. 게다가 사실은 일을 하고 싶지도 않거든.

나는 이 사회의 쓰레기잖아. 아무것도 할 마음이 없어. 쓰레기니까 냄새나 풍기고. 코 막으라지 뭐.

미쓰코랑 거의 치사량에 가까운 수면제를 먹고 죽는 거야. 이 녀석, 진짜로 내 목을 조른 적도 있어. 내가 때렸더니, 너 같은 자식은 죽여버리겠다면서 몇 번이나, 몇 번이나 목을 졸랐어. 보스, 이 녀석, 좀 이상해."

"누가 할 소리."

미쓰코가 말한다.

"정말이잖아. 몇 번이나, 죽고 싶으면 죽여주겠다면서 목 졸랐잖아."

다카오는 모노드라마를 연기하는 것처럼 주절거리기 시작했다.

"2주 전쯤에 첫 번째 일을 했어. 가부키초에서 어느 회사 간부라는 남자를 물었어. 마흔아홉 살이라는데, 그걸 아주 좋아하게 생겼더라고. 그 남자와 레스토랑에서 식사를 하고 호텔까지 갔지. 호텔 바에서 내가 옆에 있는데도 미쓰코를 꼬시는 거야. 그래서 미쓰코를 데리고 바로 나와버렸지.

그길로 신오쿠보에 있는 여관에 가서, 깨끗한 수첩에다 그 남자가 묵는 호텔 전화번호만 써서 눈에 제일 잘 띄는 곳에 놔뒀어. 그리고 수면제를 치사량에 가깝게 먹었지. 나 그거 잘하잖아. 몇 번이나 병원에 실려갔을 정도니까 양을 잘 알거든.

혼수상태에 빠진 걸 여관 직원이 발견했겠지. 우리가 눈을 뜬 건 병원이었어. 경찰도 있고 그 남자도 있었고. 다들 걱정스럽게 우리를 쳐다보고 있더라고. 내가 속으로 '보기 좋게 걸려들었군. 멍청한 자식' 하고 고소해하는데, 남자는 다행이라면서 기뻐하는 거야. '자기가 미쓰코를 유혹했기 때문에, 서로를 사랑하는 이 젊은이들이 동반 자살을 한 것이다', 그렇게 생각한 거겠지.

나흘 정도 지나 우리가 퇴원할 때, 입원비는 당연히 그 남자가 지불했고, 거기다 몸조리 잘 하라면서 5만 엔을 주더라."

다카오는 얘기가 끝나자, 갑자기 맥스 로치의 드럼 소리에 맞춰 몸을 흔들었다.

다카오는 미쓰코의 어깨에 팔을 두르고 끌어안으며 웃었다.

"돈이 50만 엔 정도 모이면, 우리 뭐 할까. 세금도 내야 하나?"

다카오가 혼자 그렇게 말하고 히죽 웃었다.

"그 정도 돈이 모이면, 남쪽에 가서 조그만 배를 사가지고 매일 뱃놀이나 할까. 바나나 같은 거 먹고, 매일 해시시(대마초)나 피우고 말이야. 손으로 저어야 할 만큼 아주 조그만 배를 타고, 태평양에 그저 둥실둥실 떠 있는 거야."

나도 리듬을 타면서, 다카오의 말에 조그만 웃음으로 답했다. 미쓰코는 얼토당토않은 상상을 하는 다카오의 머리를 툭 쳤다. 그 손에 50만 엔을 만지려면, 앞으로 열 번은 동반자살을 해야 한다.

입에 물고만 있던 담배에 불을 붙이려고 성냥을 그었다. 칙 소리를 내면서 내 손가락 사이에서 성냥에 불이 붙었다. 이 두 사람이 몇 번이나, 몇 번이나 죽는단 말이지, 하고 생각했다.

점차 사람들이 북적거렸다. 담배 연기가 석회처럼 하얗게 우리 주위를 떠다녔다. 다카오는 미쓰코의 어깨에 머리를 기대고 있고, 미쓰코는 내 얼굴을 가만히 쳐다보고 있다. 미쓰코는 몸집이 커서 스물네다섯 살로 보인다. 하얀색과 빨간색 줄무늬 셔츠가 젖가슴을 따라 부풀어, 젖꼭지가 톡 불거졌다.

오랜만에 학원 수업을 듣고서 방에 틀어박혀 노트 정리를 하고 있는데, 여동생이 경찰에서 요요기 니시무라 병원으로 빨리 오라는 전화가 왔다고 전해주었다.

요요기 국철 역에서 가까운 니시무라 병원에 도착하자, 현관에 서 있던 병원 직원이 나를 원장실로 안내했다.

원장실은 좁지만 반듯하고 안정감이 있었다.

원장과 경찰이 있었다. 원장이 내게 물었다.

"미쓰코 씨와 다카오 씨의 친구 맞죠. 별명이 '보스'라는?"

나는 그렇다고 고개를 끄덕이고, 둘에게 무슨 일이 있느냐고 물었다.

"두 사람이 동반 자살을 했어요."

원장이 그렇게 말하고 내 얼굴을 쳐다보았다.

"그렇군요."

경찰은 나의 반응이 의외다 싶었는지 두 사람이 동반 자살을 했다고 한 원장의 말을 낮은 목소리로 반복했다.

창밖의 빛이 커튼에 반사되었다. 그 빛을 받으며 서 있는 젊은 경찰의 말에 답답함을 느끼고, 나는 연극조로 말했다.

"동반 자살을 했다는 거 정도는, 다 아는 일인데요 뭐. 벌써 몇 번이나 했어요. 그게 그들의 일이니까."

"뭐라고요?"

나는 경찰과 원장이 놀라는 모습을 보면서 만족스럽게 입을 닫았다. 그러고는 다시 말했다.

"별일 아닙니다."

"그 말은, 그러니까, 동반 자살이 그들의 직업이라는 뜻인가요……?"

원장이 입술 끝으로 중얼거린다.

"참 한심한 젊은이들이로군……."

그 입가에 미소가 떠올랐다 사라졌다.

내가 창밖을 지나는 전철의 요란한 소리에 정신을 빼앗기고 있을 때, 젊은 경찰이 화가 난 목소리로 재빨리 말했다.

"죽었어."

나는 그 씁쓸한 말의 의미를 곧바로 이해할 수 없어 되물었다.

"네 친구들 말이야, 미쓰코와 다카오, 죽었다고. 그것도 치사량의 세 배나 되는 수면제를 먹고."

그렇게 말한 경찰은 내 얼굴을 보면서 뜨뜻한 침을 삼켰다.

나는 당황스러웠다. 경찰의 말과 "돈이 50만 엔 정도 모이면 남쪽에 가서 조그만 배를 사가지고 매일 뱃놀이나 할까" 했던 다카오의 얼굴과의 단층을 이해할 수 없었다.

경찰에게 다시 되물으려 했는데, 말이 목구멍에 걸려 나오지 않았다. 다카오와 미쓰코가 죽었다고? 왜? 치사량의 세 배나 되는 수면제를 먹고, 왜? 답이 없는 질문이 뇌세포 사이사이를 맴돈다. 눈물이 천천히 배어 나와 눈동자를 적셨다.

"아직 젊은 사람들이……."

원장이 말한다.

열여덟 살의 다카오와 미쓰코. 한창 청춘을 살 나이의 우리들, 젊은 다카오. 왜? 다카오와 미쓰코가 치사량의 세 배나 되는 수면제를 먹고 죽었다고, 아직 젊은데?

원장실 한가운데 망연히 서 있는 나를, 원장이 쳐다보았다.

"괜찮은 세상인데."

경찰도 그렇게 중얼거리고는 의자에 걸터앉아 담배를 입에 물었다.

원장실 안의 시간이 멈췄다. 움직이지 않는다. 모든 것이 정지되었다.

"현대에 대한 반항의 뜻인가……."

원장이 입가에 엷은 미소를 띠고 중얼거린다.

나는 자신이 느끼는 슬픔을 이해할 수 없었다. 여자처럼, 그것도 사춘기의 낭만적인 감상에 젖은 여자처럼 눈물이 흘렀다. 두 사람이 죽는 걸 아무렇지 않게 여겼다는 건 나도 알고 있었다. 그러나 정말 죽었다는 것은, 이해할 수 없다.

원장이 내게 말했다.

"무슨 생각을 하는 거지?"

원장은 두 손을 책상에 놓은 채 나를 보지 않는다.

오후의 햇살 속에서, 창가에 놓인 화분에 이름 모를 빨간 꽃이 피어 있다.

"죽었나요? 정말……."

나는 그저 눈물만 흘린다.

나의 감정이 잦아들자 원장이 나를 다카오와 미쓰코가 있는 병실로 안내하겠다고 했다. 경찰이 내 어깨를 툭 치고는, 원장실에 들어왔을 때와는 전혀 다른 태도로 나를 병실로 안내해주었다.

병실 문을 열면서 원장이 불쑥 말했다.

"다카오 씨 수첩에 자네 집 전화번호가 적혀 있었어."

"네?"

원장이 놀라는 나를 이상해하면서 물었다.

"왜 그러지?"

"수첩에요?"

내가 되묻자 원장은 하얀 가운 주머니에서 수첩을 꺼내 내게 건넸다.

새 수첩에는 나의 별명과 전화번호 외에는 아무것도 적혀 있지 않았다.

"믿을 수가 없군……."

원장과 경찰은 내 말을 흥미롭게 듣고 있었다. 나는 다카오와 미쓰코가 어떻게 동반 자살을 하고, 수첩은 어떤 역할을 하는지 설명했다.

원장이 웃었다.

"이거, 블랙 유머라고 해야 하나."

나는 병실 앞에 멀거니 멈춰 서고 말았다. 만약 이것이 그로테스크한 유머라면, 그 동반 자살도 이 그로테스크한 유머를 이끌어내기 위해 면밀하게 계획된 일이었어야 한다.

"이해가 안 되네……."

나는 두 젊은이의 시신이 누워 있는 병실 앞에서, 원장과 경찰의 시선을 의식하며 우뚝 서 있다.

둘이 무슨 생각을 했던 건지 알 수 없었다.

사랑 같은

愛のような

가슬가슬한 안개가 지면에서 피어오른다. 거리가 표정을 잃은 채 겹겹이 골격을 드러내고 안개 저 너머로 후퇴한다. 환성이 인다. 도망쳐야 한다. 도망치지 않으면 죽는다. 하지만 내 다리는 마치 상피병에 걸린 것처럼 이상하게 부풀고 무거워 움직이지 않는다.

끔찍한 폭력이다. 거리가 싹 파괴된다. 마냥 이러고 있으면 나는 죽고 만다. 움직이지 않는다. 몸이 움직이지 않는다.

거의 눈을 뜰 수 없을 정도로 자욱하게 낀 하얀 아침 안개 속에서, 소를 가득 실은 화물 열차가 다가온다.《카이에 다르》의 표지 그림 같은 인간의 얼굴에 우람한 갈색 몸통을 뒷다리로 받치고 우뚝 선 소들이 빽빽하게 실려 있다.

"비켜, 거기 비키라고. 거기 서 있는 학생, 지나가게 길을 비키라고."

화물열차 위에 설치된 스피커에서 격앙된 목소리가 내게 외치고 있다. 움직이지 않는다. 몸이 움직이지 않는다. 안전한 곳으로 도망치지 않으면 나는 죽고 만다.

화물열차가 굉음을 울리며 내 몸을 덮친다. 움직이지 않는다. 발도 몸도 움직이지 않는다. 나는 도망치고 싶다.

기묘한 갈색 소들을 가득 실은 화물열차는 먼지 섞인 아침 안개를 헤치고 달려간다. 쩍 갈라진 내 머리가 가슬가슬한 안개가 피어오르는 궤도에 나뒹굴고 있다. 절단된 목에서는 아무것도 나오지 않는데, 머리에 뚫린 여러 구멍에서는 따끈하고 끈끈한 점액질 피가 흐르고 있다.

밤이었다. 새까맣게 색칠된 방이 땀에 젖은 몸을 휘감고 있는 듯 느껴졌다. 기묘한 권태감이 아랫배에서 기어오른다. 한겨울인데 나는 흉측한 꿈 때문에 땀을 흘리며 자고 있었다. 창문은 대낮에도 희미한 빛밖에 스미지 않는데, 덧문까지 꽉 닫아서인지 방이 어둠으로 채워져 있다. 나는 몸을 움직였다. 사타구니가 끈적거린다. 꿈의 폭력, 언어가 내 머릿속에 생겨나고, 나는 그 의미를 생각하면서 '그 녀석'을 찾았다.

'그 녀석'이 내 방에 나타난 후로 세 번째다. 정체를 알 수 없는, 흉악하고 피비린내 나는 꿈. 꿈속에서 내가 끈끈한 점액질의 피를 흘릴 때, 나는 늘 사정을 한다. 프로이트를 연구하는 사람도 그렇게 불길한 꿈은 분석할 수 없을 것이다.

나는 속옷으로 치모와 성기에 묻은, 핏빛 물감처럼 끈끈한 것을 닦아내면서 '그 녀석'을 찾았다. 아마 오늘 꿈도 '그 녀석' 때문에 꾸었을 것이다. 어둠 속에서 자신의 행위에 수치심을 느끼며 생각했다. 나도 참 터무니없는 것을 방으로 데려왔다, 공포에 몸을 움츠리고 숨을 죽이다 꿈에서 깨어나면 나는 부드러운 권태라 할 수 있는 쾌감을 만끽한다, 그런 내 방의 일상에 뭐라 말할 수 없는 안도감을 느낀다.

'그 녀석'은 역시나 내 정액에 젖은 몸으로 이불 속에 숨어 있었다. 몸을 구부려 체온으로 따뜻해진 이불에서 팔과 등이 삐져나오지 않도록 주의하면서, 나는 '그 녀석'을 가슴 언저리로 끌어올렸다.

'그 녀석'은 내 가슴에 야들야들한 손가락을 올려놓고, 내가 숨을 쉴 때마다 살짝살짝 움직였다. 나의 안도. 나는 '그 녀석'에게 묘한 사랑을 느끼며 생각했다. '그 녀석'이 이렇게 내 가슴에 지방이 몽글몽글 붙은 손가락을 올려놓고, 내가 움직일 때마다 쓰다듬거나 약간 힘을 주어 비벼대면 나는 안도감을 느낀다. '그 녀석'의 몸에서 지독한 냄새가 난다. 폭력적인 꿈을 꾸면서 사정했을 때 '그 녀석'의 몸에 묻은 정액이 지금도 그대로 묻어 있는 것이다.

나는 일어나 불을 켰다. 날카로운 토파즈의 빛이 내 눈으로 날아든다. 눈을 깜박거리면서, 한꺼번에 그 존재를 드러낸 책꽂이와 그리다 만 캔버스와 벗어 던진 옷가지들을 돌아보았다. 나의 방, 나의 일상, 그렇게 생각하고는 추워서 버들버들 떨면서 얼른 젖은 속옷을 벗었다.

쾌락을 경험하고 난 나의 성기는 힘이 쭉 빠져, 유순하고 작은 동물처럼 몸을 오그리고 있다. 나는 건강하게 자란 나의 성기가 만족스러웠다. 이제 열여덟 살이 아닌 스물한 살이라는, 가장 젊은이다운 나이가 된 나와 나의 일상에 만족하고 있다. 추워서 점점 오그라들기 시작한 성기를 보면서 나는 생각했다. 속옷을 갈아입고, 녀석의 몸을 깨끗하게 씻어주려고 '그 녀석'을 찾았다. 속옷만 입고 방에 있자니 피부가 얼어붙는 것 같아 나는 푸르르 몸을 떨었다.

'그 녀석'의 몸에 비누를 칠하고, 우선 나의 정액이 들러붙은 가느다란 골격 위의 연한 근육과 부드럽게 지방이 낀 다섯 손가락을 깔끔하게 씻어주었다. 그리고 손바닥과 손목에 비누칠을 하면 끝이다. 이제 '그 녀석'이 내 가슴에 기어올라도 정액 냄새가 나서 못 견디는 일은 없을 것이다.

물이 너무 차갑다. 손가락이 금방이라도 동상에 걸릴 것처럼 차갑다. '그 녀석'은 이 차가움을 느낄까, 나는 손가락 사이에 남은 비누 거품을 씻어내며 생각했다. '그 녀석'이 동상에 걸리면 어떻게 될까, '그 녀석'은 글러브처럼 굽은 몸으로 이불 속에 파고든다. 가벼운 동상, 즉 튼 것이다. 이불 속에 있으면 따뜻해진다. 몸 안에 손오공 한 마리를 키우는 것처럼 견딜 수 없이 간지러워진다. '그 녀석'은 이불 밖으로 허둥지둥 뛰쳐나간다. 나는 나 자신이 상상한 그 우스운 장면에 웃었다. '그 녀석'은 기묘한 동물이다. 이렇게 기묘한 동물을 나는 달리 알지 못한다. 인간의 손목(그것도 오른쪽)을 꼭 닮은 동물이다. 길쭉하게 뻗은 고운 손가락이 있고, 손바닥과 손등이 있고, 손목이 있다. 게다가 지문까지 있다.

나는 '그 녀석'이 동상에 걸리지 않도록 몸을 말끔하게 닦아주었다. '그 녀석'도 추위를 느끼는지 이불 속으로 꼼지락꼼지락 파고들었다.

불을 끄자 방 안에 성긴 어둠이 돌아왔다. 나는 소름이 돋아 오돌토돌한 몸을 얼른 데우려 이불 안에서 웅크리고 떤다. '그 녀석'이 내 가슴에 바짝 기댄다. '그 녀석'은 도대체 어떤 동물일까, 하고 생각했다. 지구상의 동물인 건 틀림없을 텐데, 인간의 손목을 닮은 동물이 동물도감에 실려 있지 않다는 것을 나는 잘 알고 있다. 새로운 발견일지도 모른다, 아니면 인간의 손목 자체일 수도 있다, 토막 살인을 당한 여자의 손목일지도 모른다, 손목만 요행히 살아남은 것이다. 나의 상상은 말도 안 되는 방향으로 치달았다. 나는 나 자신의 망상을 어이없어하고, 가슴 언저리를 쓰다듬기 시작한 '그 녀석'의 손가락을 느끼며 이렇게 생각했다. 그 여자는 창부였다. 그래서 여자의 체질 그대로, 이불 속에 들어가면 남자의 몸에 들러붙어 애무하는 게 습관이 되고 말았다. '그 녀석'이 이불 속에 들어오면 내게 바짝 들러붙어 내 몸을 애무하기 시작하는 것은 그 때문인지도 모른다.

'그 녀석'은 내 가슴을 꼬집었다. 배의 근육이 어디에 어떻게 있는지를 확인하듯 손가락으로 더듬는다. '그 녀석'은 팬티 위에서 내 성기를 애무하기 시작했다. 나는 '그 녀석'의 애무가 결코 불쾌하지는 않았지만, 머리 한가운데에서 생겨난 차분한 잠이 눈두덩을 타고 내려온 탓에 '그 녀석'의 몸을 밀쳐냈다.

내 하루하루의 생활은 아마 다른 사람들과 다르지 않을

것이다. 아침 8시에 일어나면, 부지런히 하루 일과를 계획한다. 들고 다니기 편리한 책, 예를 들어 학교에 뜨거운 정치의 계절이 돌아와 데모나 시위가 빈번하게 벌어질 때면 거의 액세서리의 의미밖에 없는 우노 고조(영향력이 컸던 마르크스 경제학자)나 구로다 간이치(혁명적 마르크스주의파의 최고 지도자)의 저서를 들고 방을 나서리라.

'그 녀석'을 아침에 계획하는 하루 일과에 포함시킨 탓에, '그 녀석'이 생활에 개입한 후에도 나의 일상이 근본적으로 흔들리는 일은 없었다. '그 녀석'과 겨우 나흘을 지내고서 이렇게 말하는 것은 웃길 수도 있지만, 나는 '그 녀석'을 사랑한다고 생각한다. 사랑이라는 것은 인격이나 체온처럼 따스한 존재감을 필요로 하지만, '그 녀석'에게 정신이나 존재감이 없어도, 나는 애완동물을 귀여워하는 감정을 넘어서는 사랑 같은 감정을 품고 있다. '그 녀석'이 나를 위협하고 피해를 끼치거나 나의 일상을 뒤집는 행동을 하지 않는 한, 앞으로도 이 감정은 아마 변하지 않을 것이다.

우리 대학은 데모를 결행하고 있다. 하지만 나는 거의 매일 강의도 세미나도 없는 학교에 평소처럼 다니고 있다. 오차노미즈 역에서 내려 회사원과 학생들로 북적거리는 개찰

구를 빠져나오면, 비스듬한 내리막인 큰길을 걸어 학교로 간다. 도로가 회색으로 젖어, 아침 햇살이 반짝반짝 어지럽게 반사된다. 나는 코트 깃을 세우고, 숨을 쉴 때마다 피어 오르는 하얀 연기 같은 입김을 쳐다보며 걸어갔다.

건물 옆벽에 붙어 있는 선언서와 반대 성명을 보면, 다소 흥분을 느꼈다. 입구는 갈색 의자와 책상으로 완전히 봉쇄되어 있다. '데모 결행'이라고 쓰인 커다란 입간판을 보고 나서야 충실하고 긴장된 일상을 느낀다. 그리고 매일의 일정 가운데 보다 중요한 사항인 듯 학내를 한 바퀴 돌고 다시 전철을 탄다.

나는 매일 반복되는 그 행동이 귀찮지도 싫지도 않다. 근면한 학생이라는 나 자신의 이미지가 좋았고, 데모 중인 학교 주변에 떠도는 긴박감 같은 것도 좋았다.

신주쿠로 갔다. 서점에 들어가 새로 나온 소설을 서서 읽고, 뭉크와 르동의 기괴하고 서글픈 인생을 음화로 말해주는 복제 화집을 가만히 들여다보며 시간을 보낸다. 내가 가장 좋아하는 시간이다. 갖고 싶은 책과 화집 앞에서 압도된 시간을 보내는 것만큼 내게 (그것도 내 정신에) 큰 자극은 없다.

그다음 일정은 모던재즈 카페다. 대학에서 데모가 시작된

후로, 재수생 시절부터 드나드는 모던재즈 카페에서 책을 읽고, 친구들과 얘기하고, 좋아하는 재즈를 듣는 것이 나의 중요한 일과가 되었다.

'그 녀석'이 내 생활에 들어온 다음에도 나의 일상에는 전혀 변화가 없다. 나의 일상은 건강하게 숨 쉬고 있다. '그 녀석'의 기괴한 몸, '그 녀석'의 행동을 오히려 원하고 있을 정도다.

재즈가 울려 퍼지고 있다. 나는 거의 식은 커피를 마셨다. 설탕을 너무 많이 넣은 탓인지 들쩍지근한 맛이 혀에 남는다. 담배에 불을 붙였다. 연기는 유려한 곡선을 그리며 초록색 조명 속으로 피어올랐다가 천천히 사라진다.

나는 도시코를 기다리고 있었다. 오늘은 일주일에 두 번하는 데이트 날이다. '그 녀석'이 도시코라면 나의 일상을 얼마나 멋지게 바꿀 수 있을까. '그 녀석'과의 애무는 변칙적인 것이라고 생각한다. 나는 도시코의 애무를 떠올리려 했다. 재즈가 울려 퍼진다.

그때 나는 재수 학원에 다니고 있었다. 처음 만났을 때부터 도시코는 나를 성에 굶주린 늑대 같은 사람이라고 했다.

조그만 카페의 카운터 의자에 걸터앉아, 흐르는 팝 뮤직을 들으면서 우리는 농담을 하고 있었다.

"굶주린 늑대가 암놈을 어떻게 범하는지 알아?"

도시코는 나와 나이가 같은데, 마치 스물여덟 살쯤 된 창부처럼 말했다.

"내가 그런 걸 어떻게 알겠어."

도시코는 어처구니없어하는 내 표정이 재미있는지 계속 웃었다. 내 담배가 재떨이 속에서 타오르고 있었다.

"멍청하기는. 준, 생각해봐."

그렇게 말하고 도시코는 내 어깨를 쳤다. 나는 당혹스러웠다. 도시코의 질문에 뭐라 대답하면 좋을지 몰랐다. 도시코는 커다란 두 앞니를 두 손으로 가리고 계속 웃어댔다. 나는 그렇게 웃는 도시코에게 화가 났다. 이 여자는 아무것도 모른다고 나를 놀리고 있는 것이다.

"대답은 이런 거야. 아무리 늑대라도 배가 고프면 흐느적 흐느적 힘이 없지. 흐느적거리는 허리로 암놈이랑 기를 쓰고 교미하는 모습을 상상해봐. 요는 상상력의 문제야. 그런 일은 있을 수 없어."

도시코는 내 얼굴을 보며 킬킬 웃었다. 도시코는 웃으면서 내 화난 표정을 쳐다보았다. 나는 도시코의 얼굴을 노려보았다. 목구멍 속에서 끓어오르는 흥분을 억누르기 위해 꼼짝 않고 그녀 얼굴을 노려보았다. 도시코는 내 표정에 겁을 먹기 시작했다.

"미안해. 놀리려고 그런 거 아니야."

도시코가 내게 사과했다. 나는 금방이라도 터질 듯한 흥분에 몸이 화끈거렸다.

"나가자."

나는 도시코에게 명령조로 말했다. 내가 토한 말에 나의 흥분이 과열되는 것을 알았다.

선로를 지나 널담이 약간 휘어들어간 어둠 속에서 나는 도시코를 끌어안았다.

"좋아한다."

나는 그렇게 말하고 도시코의 입술에 내 입술을 짓눌렀다. 이가 부딪쳐 소리가 났다. 나는 도시코의 몸을 널담에 밀어붙이고 꼭 껴안고 있었다.

나는 도시코를 드문드문 돋은 잡초 위에 쓰러뜨리고, 몸이 굳어 움직이지 않는 그녀의 치마를 끌어올렸다. 팬티를 벗기는데도 도시코는 이를 부들부들 떨 뿐 움직이려 하지 않았다. 나는 도시코의 질 속에 성기를 밀어 넣고, 도시코의 체온을 느끼고, 그렇게 몸을 겹친 채 힘만 주고 있었다. 그러다 사정했다.

일어난 도시코의 등에 초록색 풀물이 배어 있었다. 선로로 돌아갈 때 도시코는 내 몸에 기대어 걸으며 눈물을 똑똑 흘렸다.

도시코도 나도 그때가 첫 경험이었다. 나는 왕왕 울리는 아트 페퍼의 테너 색소폰을 들으면서 생각했다. 수직으로 떨어지는 욕망에 사로잡혀 어이없이 사정했던 열아홉 시절의 나. 담배를 피운다. 이번에는 연기가 이내 초라하게 사라지고 만다. 도시코는 그때 나를 굶주린 늑대라고 놀렸다. 지금의 나는 어떨까. 마치 배부른 수캐처럼 나의 일상에 만족하고 있다. 나의 욕망은 '그 녀석' 덕분에 포화 상태에 있다고 생각했다. 나는 피부염처럼 따끔거리는 욕망에 몸을 버둥대는 일은 없을 것이다, 마치 얌전하고 따스한 눈동자를 지닌 개처럼 충실한 매일을 건강하게 지낼 것이다. 내게, 또는 스물한 살이 된 대다수의 젊은이들에게, 이 수캐처럼 충실하고 건강한 생활은 나쁘지 않다. 소년기의 남자에게는 성욕에 고통스러워하는 굶주린 늑대도 매력적인 존재 양식일지 모르지만, 청년기의 젊은이에게 만족한 수캐 같은 세계는 보다 실질적으로 매력적인 것이다.

나의 사랑스러운 괴물, 그 기괴한 생물, 손목과 손바닥과 다섯 손가락뿐인 기괴한 나의 애완동물, 그것은 마치 창부의 오른 손목을 잘라낸 것 같은 생물이다. '그 녀석'은 나의 성욕을 채워주는 페팅 펫이라고 할 수 있는 존재다. 나는 '그 녀석'이 페팅 펫으로서 힘을 과시할 수 있도록 '사랑하는 손가락'이나 '황금 손가락'이라는 애칭을 붙여주기로 한다. 그 '사랑하는 손가락', 즉 '그 녀석'이 지금 내 방에서, 그 손가락으로 애무할 대상인 나의 성기를 찾아 데굴데굴 기어다니는 모습을 연상하고 나는 만족스러운 웃음을 참는다. 아마 '손가락'은 내가 방으로 돌아가면 토라진 듯이 어딘가에 숨을 것이다. 이불을 깔고 잠들 무렵이면 사륵사륵 소리를 내면서 이불 속으로 들어온다.

나는 모던재즈 카페에서 '손가락'을 상상하고 기괴한 흥분을 느꼈다. '그 녀석'은 어쩌면 죽은 여자의 손목일지도 모른다. 그렇다 해도 나는 '그 녀석'의 멋진 애무에 몸을 맡기리라.

도시코가 들어왔다. 약간 근시여서 그런지 몸을 앞으로 살짝 굽히고 좁은 통로를 지나 내가 앉은 자리로 걸어온다.

"많이 기다렸어?"

도시코가 내 옆에 앉아 조금 들뜬 목소리로 물었다. 나는 고개를 저었다. 도시코는 약속 시간보다 10분 정도 늦었다.

하지만 여자를 기다리면서 재즈를 듣고, 여자와 관계를 갖는 장면을 상상하는 것도 좋은 일이다. 도시코의 얼굴을 쳐다보면서 나는 그런 생각을 했다.

자기 얼굴을 계속 쳐다보는 나를 이상해하며 그녀가 내게 말했다.

"뭘 그렇게 보는 거야."

도시코는 그렇게 말하고 내게 웃어 보였다.

"화난 거 아니지? 언제 왔는데?"

"1시간 전쯤에."

"거짓말. 그렇게 빨리 왔을 리가 없지."

그녀는 엷은 핑크색 매니큐어를 바른 손가락으로 커피 잔을 들고 커피를 마셨다.

"정말이야. 시간은 많은데, 여기 오는 것 말고는 할 일이 없었어."

어린애 같은 투로 말하면서 나는 도시코의 손가락을 쳐다보았다. 매니큐어를 바른, 끝이 뾰족한 손가락이 커피 잔을 접시에 소리 나지 않게 내려놓는다.

"아, 맞다. 너희 학교 지금 데모 중이지."

그녀는 내 담뱃갑에서 담배 한 개비를 꺼내 불을 붙이고, 연기를 토해내며 웃었다. 화장한 얼굴에 조그만 보조개가 생긴다.

"준, 우리 영화 보러 갈까? 아니면 춤추러 갈까?"

"여기 조금 더 있다, 그다음에 생각하자."

도시코는 내 옆으로 다가와 가져온 책을 팔락팔락 넘겼다. 도시코의 머리칼에서 화장품 냄새가 났다.

"데모가 얼마나 계속될 것 같아?"

도시코가 대답은 듣지 않아도 좋다는 식으로 내 귓가에 대고 물었다. 도시코는 내 대답을 기다리지 않고, 잠자코 있는 내 얼굴을 보고 애매하게 웃으면서 말했다.

"큰일이네, 준 같은 학생은 생활이 엉망이 될 거 아냐."

도시코의 말에 이끌리듯 나는 입버릇이 되고 만 자조적인 말을 떠올렸다. 나의 생활, 나의 일상……

콜트레인의 재즈 선율이 실내를 난해한 기하학 문제로 가득 채워버린 듯 느껴졌다. 빙빙 감긴 코일이 연상되는 색소폰 소리는 흑인들의 집회에서 선동적으로 연설하는 카마이클의 목소리처럼 들린다.

계단을 오르라, 나선계단을 오르라, 토속의, 분노의, 살의의, 빛의……

도시코는 몸으로 리듬을 타면서 책을 넘겼다. 허리까지 내려오는 머리칼이 흔들린다. 사람들이 북적북적하다. 꽃도 화분도 조화도 없는 실내에 부연 안개 같은 담배 연기만 자욱하다.

나는 도시코를 데리고 모던재즈 카페에서 나왔다. 문밖의 추위에 코트 깃을 세우면서 몸속에서 끓어오르는 작은 욕망에 쫓기듯 여관으로 향했다. 도시코의 키득거리는 웃음소리를 들으며 나는 자신의 성충동이 일주일에 두 번 데이트할 때의 습관 같은 것이라고 생각했다. 도시코가 보기에는 '그 녀석'이 내 생활에 들어온 후에도 나는 여전히 '굶주린 늑대'일까? 도시코가 내 방에 와서 '그 녀석'을 발견하고, 나와 '그 녀석'의 관계를 알면 어떤 반응을 보일까? 도시코는 '그 녀석'의 몸을 보면 먼저 겁에 질릴 것이다. '그 녀석'이 꼼짝 않고 있는 것을 보면 도시코는 내가 토막 살인이라도 저지른 줄 알고, 이번에는 나를 두려워할 것이다. '그 녀석'이 기괴한 생물이라는 것을 알고, 또 매일 밤 이불 속으로 기어들어와 내 몸과 성기를 애무한다는 것을 알면 나를 경멸하고 비난할까? 변태, 소도미스트, 시간屍姦애호자! 나는 나쁜 장면을 상상하고, 그때 도시코가 내게 던질 말에 부끄러워했다. 나는 도시코의 몸을 거의 껴안다시피 하고 걸었다. 이 여자에게는 얼굴도 젖가슴도 허리도 질도 다리도 발

96

가락도 있다. 따뜻한 몸이 있다. 궁핍하지만 그나마 정신이라는 것도 있다. 나는 도시코와 '손가락'을 비교해보았다. 나는 '그 녀석'에게 준 기묘한 사랑이 부끄러워 도시코의 허리를 감은 손에 힘을 주었다. 걷기가 좀 불편해졌는데, 도시코는 나의 그런 행위를 욕망에 들끓는 구애로 여겼는지 키들키들 웃었다.

나는 눈을 살짝 감았다. 옆방에서 텔레비전 드라마 소리가 들려온다. 효과를 높이기 위해 트는 음악, 드러누운 채 눈감은 내 귀에 들리는 소리는 낮고 명료하지 않다. 눈을 더꼭 감는다. 부드러운 현기증이 시야 가득 퍼져간다. 자명종 소리가 내 몸 밖을 완전히 뒤덮듯이 따르릉따르릉 울린다.

열다섯 개의 눈이 숨어 있는 정원의 오후, 그리다 만 캔버스에서 악의를 품은 조그만 눈이 빛나고 있다. 테레빈유 냄새, 시너 냄새, 내 몸 냄새, 정액 냄새, 그것들이 뒤섞여 떠다니는 내 방.

나는 프랑스어 책을 덮었다. 데모 때문에 당분간 강의가 없으니 공부도 느긋하게 하면 된다. 이 그림도 천천히 완성하자. '열다섯 개의 눈이 숨어 있는 정원의 오후', 제목만 봐도 독기가 빠진 신낭만주의 같은 그림이다.

눅눅한 내 방에서 벌떡 일어나 입고 있던 옷을 벗는다. 한기가 온몸에 휘감긴다. 속옷 차림으로 이불 속에 파고든다.

내가 이불 속에 들어갔는데도 '그 녀석'은 녀석의 둥지가 된, 신문과 잡지를 묶어 처박아놓은 벽장 구석에서 나오려 하지 않았다. 왜 안 나오는 거지? 나는 '그 녀석'을 생각했다. 어쩌면 '그 녀석', 즉 '손가락'이 내게 화가 났는지도 모른다. 나는 어제 '손가락'과의 관계를 수치스러워하면서 도시코와 여관에서 관계를 갖고, 평소처럼 밤에 내게 다가온 '손가락'을 뿌리쳤다. 아마 그래서 화가 났을 것이다. '손가락'의 애무를 원한다면, 어젯밤의 난폭한 행위를 사과하고 절대 그러지 않겠다고 말해야 한다. 나는 자신의 몸속에 싹트고 있는 조그만 욕망을 느끼며 그렇게 생각했다. '손가락'에 대한 유치한 결벽주의나 스토이즘은, 그 화려한 애무로 발기하고 사정하게 되면 이내 오그라들고 만다.

나는 벽장 구석에 있는 '손가락'을 집어 들고, 그 몸을 내 볼에 대고 체온을 전하듯 애정을 표현하고, 조그만 소리로 중얼거렸다.

"내가 너를 포기할 리 없잖아. 어젯밤에는 내가 좀 이상했어. 앞으로는 절대 험하게 다루지 않을게. 맹세해."

'손가락'이 내 과장된 연극조의 말을 이해했는지, 다섯 손가락으로 수염이 듬성듬성 돋은 내 볼을 쓰다듬기 시작했다. '손가락'은 정말 기묘한 녀석이다, 마치 인간처럼 애정을 표현한다, 하고 나는 생각했다.

'손가락'이 내 목덜미를 쓰다듬고 배를 애무한다. 다섯 개의 손가락은 조그맣게 들러붙은 내 젖꼭지를 조몰락거리고 쓰다듬는다. 여자가 아니라서 나는 젖꼭지를 만져도 간지럽다는 감각밖에 느끼지 못한다. '손가락'의 동작을 쳐다보며 때로 수줍게 웃었다. '손가락'은 내 아랫배로 내려간다. 나는 머리맡에 있는 스탠드를 껐다. 그 순간 검은 어둠이 내 시야를 가렸다. 나는 어둠 속에서 '손가락'이 사타구니로 기어 내려가 수풀 속에서 노는 것처럼 음모를 만지다 살짝 잡아당기는 것을 느끼면서, '손가락'의 기묘한 사랑에 답하는 자세를 취하려고 크게 숨을 쉬었다.

'그 녀석'이 내 성기를 만진다. '그 녀석'의 촉촉한 몸이 내 발기한 성기를 쥐고 만지작거린다. 나는 나 자신과 '그 녀석'의 기묘한 사랑을 생각한다. 상상력을 통한 애무, 하고 나는 생각했다. '그 녀석'의 손가락은 내 성기를 애무한다, 하지만 나는 '그 녀석' 자체로 발기하거나 사정하는 것은 아니다. 나는 그 손가락에 연결되는 여자를 상상하고 있다. 언제나 그렇다, 나의 쾌락과 my time은 물리적으로는 '그 녀석'이 야기한 것일지 몰라도, 그 쾌락의 알맹이는 나 자신의 상상력의 산물이다, 하고 나는 '손가락'의 부드러운 애무에 몸을 맡기면서 생각했다. 나는 자유롭다.

하얗고 엷은 빛이 내 눈두덩 속을 떠다니고 있다. 여자가, 길쭉한 보리 이삭 같은 음모가 빽빽한 치부를 드러낸 채 서 있다. 차가운 피부, 따뜻한 내부, 나의 상상력은 조그만 흥분의 싹이 움트고 퍼져나갈 때마다 강해졌다. 나의 상상력을 통한 애무는 '손가락'의 기괴한 사랑으로부터 해방되어 있다고 나는 생각했다. 나는 도시코를 연상하고, 도시코의 질을 연상하고, 도시코와의 섹스를 연상하면서 사정했다.

(허망함이 내 몸을 뒤덮는다.)

정액을 닦아내고, 얌전한 잠을 위해 몸에서 힘을 빼고, 내 가슴 언저리로 기어 올라와 더없이 좋은 놀이터라는 듯이 젖꼭지를 꼬집고, 옥수수수염처럼 길게 늘어진 젖꼭지와 겨드랑이의 털을 잡아당기는 '애무하는 손가락', '황금 손가락', '페팅 펫' 즉 기묘한 생물 '그 녀석'을 느끼면서, 나는 잠시 불안해졌다. 이 녀석이 나의 쾌락을 지배해, 평범한 관계를 갖지 못하게 될지도 모른다. 이 녀석이 나의 일상을 파먹기 시작했는지도 모른다.

'손가락'과의 기묘한 사랑을 품은 나의 일상에서는 어떤 변화도 찾을 수 없다. '손가락'이 개입하는 것은 내 생활의 일부이지, 나의 일상은 아니었다. 나는 어떤 불안한 예감 때문에 나의 일상을 세부까지 속속들이 점검하며 생각했다. 나는 아침이면 늘 하던 대로 데모 중인 학교에 가보고, 원래는 강의를 듣던 오후 5시까지는 서점을 기웃거리거나 모던 재즈를 들으면서 지낸다. 일주일에 두 번, 작은 성충동에 쫓겨 도시코와 관계를 갖는다.

나는 건강하다고, 나의 일상은 '손가락'이 내 방에 나타난 후에도 예전과 조금도 다르지 않다고 생각했다. '그 녀석'이 다소 기괴하게 변모한 탓에 내가 '그 녀석'을 지나치게 중요하게 여기는지도 모른다. '그 녀석'과의 애무를 자위라고 치부하면, 혼자 사는 데다 성충동이 거의 '굶주린 늑대'처럼 들끓는 스물한 살 젊은이로서는 당연한 일이다. 혐오스러운 일도 수치스러운 일도 아니다. '그 녀석'을 방에 들인 것도 애완동물을 키운다고 생각하면 별일 아니다, 나는 그렇게 생각하기 시작했다. 나의 일상은 아주 건전하다.

나는 도시코와 동거해볼까, 하고 생각하면서 캠퍼스를 향해 비스듬한 내리막길을 내려갔다. 밤안개의 입자가 조금 섞인 듯한 찬바람이 불어와 몸을 떨었다. 주머니에 넣어 따뜻해진 손을 코와 볼에 댄다. 차갑게 얼어 있다. 입이 부들부들 떨려 이가 부딪치는 소리가 난다. 등을 움츠리고 관자놀이에 힘을 주고, 추위에 저항하는 자세를 갖춘다. 관자놀이에 손을 대고 힘을 준 탓에 부푼 근육을 찾았다. 그 근육을 쓰다듬다 내 동작이 마치 사춘기 소년처럼 유치하다는 것을 알고, 기분 좋은 감정이 이는 것을 발견했다.

강당에 도착했을 때, 학생운동을 하는 학생이 연단에 올라 때로 목청을 돋워 절규하면서 선동적인 연설을 하고 있었다. 그의 등 뒤에는 〈학비 인상 실력 저지·대학의 제국주의적 개편 반대〉라고 쓰인 하얀 대자보가 붙어 있었다. 정치색이 없는 학생들이나 모여 있었지 내가 아는 정치 활동을 하는 학생은 없었다. 나는 영화가 시작되는 시간이 궁금해, 앞자리에 앉은 학생에게 물어보았다.

"이제 곧 시작될 거야, 우익 새끼들이 바리케이드를 부수러 온다고 해서 다들 그쪽에 갔을걸."

학생은 그렇게 말하고 배부된 '학비 인상 저지 투쟁'이라는 팸플릿을 읽기 시작했다.

16밀리미터 필름의 시시한 영화였다. 나는 프랑스어 공부를 하려고 비워둔 시간을 이런 영화에 투자한 것을 후회했다. 그 영화는 최근의 대대적인 폭력 데모 중에 한 학생이

기동대의 폭력에 머리가 깨져 사망한 일이 있었고, 끔찍한 탄압이 있었다는 내용의 현장 보고였다.

나는 영화 속에 비친 데모대의 각목과 헬멧을 보며 작은 영웅주의의 싹이 여기저기에서 움트는 것을 알았다. 나는 죽은 학생에 얽힌 의혹을 추리소설식으로 생각했다.

나는 다른 보통 학생들처럼 정치 집회에는 참가하지 않고 대강당에서 나왔다. 난방이 들어오는 대강당에서 나오자 바깥 공기가 경련을 일으킬 것처럼 차갑다.

역으로 걸어가는데 강당에서 앞에 앉았던 학생이 내게 말을 걸었다.

"그 학생의 죽음, 동세대를 향해 근원적인 질문을 던지고 있다고 생각지 않나?"

그는 학생운동가 같은 말투로 내게 물었다. 토해낸 입김이 하얗게 번져 보인다.

"근원적인 질문이라고?"

나는 좀 귀찮은 대화가 될 듯한 예감을 품은 채, 고개를 숙이고 신발의 움직임을 보면서 걷고 있는 학생에게 되물었다.

"우리들 자신의 삶 말이야, 현대라는 시대를 진지하게 살고 있는지, 지금 이대로 살아도 되는 건지, 그걸 묻는 거야."

"아, 그 녀석은 두 번째 샤먼이 된 셈이지, 현대라는 시대의."

나는 학생의 절박한 말을 해학이라는 보풀이 인 말로 받아넘기려 빈정거림을 담아 말했다. 역으로 이어지는 큰길가 가게들의 불빛에 떠오른 학생의 얼굴을 보았다. 이 녀석은 내게 실존주의식 질문을 하고 있다. 그 죽은 학생은 그야말로 두 번째 샤먼이다.

그는 내 얼굴을 보면서 내게 항의하듯 짜증스러운 투로 말했다.

"자기가 좋아서 샤먼이 된 게 아니지. 그 녀석은 샤먼이 될 수밖에 없었어."

나는 그의 짜증에 전염된 것처럼 재빨리 반격했다.

"너는 그 녀석이 기동대의 폭력에 죽었다고 말하고 싶은 거야? 같은 학생이 죽었을 수도 있는데."

나는 학생을 몰아세우려고 했다. 그는 내 말을 듣고는 걸음을 멈추고 나를 쏘아보며 이렇게 말했다.

"그런 말이 아니야. 내 말은 기동대가 죽였다느니 어떻다느니 하는 문제가 아니라고. 훨씬 더 근원적인 거야. 우리가 그 녀석을 샤먼으로 만들었다는 뜻이라고. 그중에 너도 있어. 너는 그 녀석에게 아무런 감정도 느끼지 못하는 거야!"

나의 생활, 나의 일상, 그렇게 거듭 중얼거려본다. 그 학생이 뱉은 말, 아마 그 녀석은 프랑스 문학을 읽었을 것이다, 근원적인 질문, 현대라는 시대를 진지하게 산다, 달짝지근한 과육으로 가득한 말이다. 하지만 아무리 실존주의적으로 질문해도, 그 녀석의 질문은 정치 주변에서 신나게 붕붕 날아다니는 파리 같은 것이다, 동반 운동에 지나지 않는다.

　전철이 들어왔다. 평범한 오렌지색 전철이다. 전철 문에 이중으로 윤곽이 겹친 내 몸이 비친다. 조금 앞으로 굽어 있다. 걸을 때는 가슴을 좀 더 쫙 펴야 한다, 그렇게 생각하고 몸을 뒤로 젖혀보았다. 전철을 타자 사람들의 입김이 섞인 뜨끈한 공기가 나를 에워쌌다. 나는 복잡한 전철 안에서 몸속부터 푸근하게 녹아가는 안도감을 느꼈다. 적어도 나는 그 녀석처럼 욕구 불만은 아니다, 어두운 빛을 지닌 눈으로 나를 쏘아보고 "너는 그 녀석에게 아무런 감정도 느끼지 못하는 거야!" 하고 따졌던 학생을 떠올리며 생각했다. 나는 나의 일상에 만족하고 있다. 나는 데모를 하다 학생이 죽은 사건에 충격을 받았지만, 그 충격 때문에 나의 일상에 금이 쫙 가고 급기야 갈라지는 일은 없다는 것을 알고 있다. 샤먼에게 이끌려 정치 운동에 동참하다니 말도 안 된다고 생각하면서, 차가운 몸이 점차 차내의 뜨끈한 공기와 입김에 노곤하게 풀리는 것을 느꼈다. 그 학생은 정치 활동에 참가하더라도 데모 중에 죽은 학생과 마찬가지로 '학살'될 때까지 자기 처벌처럼 '근원적 질문'을 거듭해야 하는 신세다.

나는 차내의 형광등 빛에 떠오른 얼굴을 유리문에 비춰보았다. 나의 눈, 나의 코, 나의 입, 나의 얼굴은 절대 그 학생처럼 어둡지 않을 것이다. 나는 나 자신의 얼굴을 향해 애매하게 작은 미소를 지어 보였다. 나의 일상은 건전하다, 나는 도시코와의 관계도, 프랑스어 공부도, '열다섯 개의 눈이 숨어 있는 정원의 오후'라는 제목의 그림도, 게다가 그 '손가락'과의 관계도 순조롭게 이어가고 있다.

전철이 커브를 돌 때마다 크게 흔들렸다. 나는 앞으로 고꾸라질 것 같아 두 다리에 힘을 주었다. 가령 어떤 일이 있어도 나는 나의 일상이 파괴되는 것을 용인하지 않는다, 나도 나의 생활을 변혁할 수는 없을 것이다, 그렇게 생각하면서 발에 주었던 힘을 뺐다.

저녁 햇살이 내 방의 유리창을 통해 다다미와 책상 테두리를 발갛게 물들이고 있다. 전철의 굉음이 울렸다. 사방에서 사람의 목소리와 텔레비전 소리가 들려온다. 밤이 조금씩 내 방에 스며들어 읽고 있던 잡지의 글자가 보이지 않자,

불을 켜기 위해 일어났다. '손가락'이 내가 일어나는 소리에 불을 켠다는 것을 알고는, 얼른 버스럭거리는 소리를 내며 다다미 위를 기어 벽장 구석에 숨으려 한다. 나는 당황해서 허둥대는 '손가락'의 모습이 우스워 웃었다. '그 녀석'은 불빛 속에 드러난 자신의 기괴한 모습을 부끄럽게 여기는 것일까, 아니면 빛을 그다지 좋아하지 않는 것일까? 나는 '손가락'이 벽장에 숨기 직전에 잡아챘다. '손가락'은 저항하듯 힘을 주고 몸을 비틀었다. 그런데도 해방되지 않는다는 것을 알자 내 팔을 꼬집었다. 나는 '손가락'의 그런 동작에 키들키들 웃었다. 나는 '손가락'의 몸, 거의 인간의 손목을 잘라낸 듯한 몸을 보며 생각했다. 이 녀석은 정말 기괴한 생물이다. '손가락'의 몸은 내 손목이나 다른 여자의 손목에 비해서도 절대 추악하거나 투박하지 않다. 오히려 갸름하고 품위 있는 손목이다. 나는 '손가락'을 어깨에 올려놓았다. '손가락'은 심술궂은 장난을 좋아하는 핑거 원숭이처럼 내 어깨 근육을 짓누르고 꼬집기 시작했다. '손가락'의 그런 동작을 느끼면서, '손가락'에게 내가 지어준 애칭을 생각했다. '황금 손가락 Gold finger', '애무하는 손가락', '페팅 펫'. 그런 애칭이 딱 어울린다.

'손가락'이 내 스웨터 속에 들어왔다. 스웨터 속에서, 마치 정글에서 길을 잃은 것처럼 몸의 균형을 잡으려 다섯 손가락을 버둥거린다. '손가락'은 몸이 고정되자 이번에는 스포츠 셔츠의 단추를 푸는 놀이를 시작했다. 나는 '손가락'의 그런 움직임이 만드는 간지러운 감촉을 견디며, 몸이 부드러운 감정에 지배되어가는 것을 알았다. 나는 이 '애무하는 손가락'과 사이좋게 지낼 수 있다. 이 녀석은 기괴하지만 위험하지 않다. 아무렇지 않다. 이 녀석은 사랑해야 할 내 일상 속의 이물이다, 이 녀석은 나의 일생생활에 동화될 수 있을 만큼 해가 없는, 게다가 나의 쾌락에 봉사하는 페팅 펫이다. '손가락'은 스포츠 셔츠의 단추를 풀고 안으로 쑥 들어와, 속옷 위에서 배의 피부를 더듬고 꼬집는, 언뜻 애무로 착각할 놀이를 시작했다.

저녁 어둠이 방 밖에 얇은 한기의 막을 늘어뜨린 것처럼 추워졌다. 나는 1년 전에 산 전기 고타쓰를 켜고 '손가락'을 고타쓰 안에 던져 넣었다. 라디오를 켠다. 일본 팝송이 신나게 흘러나왔다. 좋아해, 좋아해, 나는 고타쓰에 다리를 들이민 채 등을 웅크리고 노랫소리에 맞춰 휘파람을 불었다. 너의 모든 것을, 너의 모든 것을, 미치도록. 나는 휘파람을 불면서 도시코를 떠올렸다. 내가 방에 기괴한 애완동물 하나를 키우고 있다는 걸 알면 도시코는 나와 절교할 것이다. 약간 근시인 눈으로 내 얼굴을 쳐다보며 소리칠 것이다.

"변태, 호모! 준, 너, 부끄럽지도 않니? 이런 괴물을 키우면서 성기를 애무하게 하다니, 준은 그런 더러운 쾌락이 아무렇지도 않아?"

도시코는 나를 경멸하면서 그렇게 악을 쓰고 외칠 것이다. 나는 도시코의 흉기 같은 말에 푹 찔린 채, 어떻게든 변명하려고 목구멍에 잡초가 빽빽하게 긴 듯한 몸을 버둥거린다.

"뭐, 황금 손가락이라고? 어이가 없네. 꼴도 보기 싫어!"

좋아해, 좋아해, 너의 모든 것을, 도시코는 내가 '손가락'을 키우고 있는 것을, 마치 내가 내 일상과 감정의 모든 것을 '손가락'에 쏟고 있는 것처럼 착각하고는 나를 경멸하면서 더는 만나지 않겠다고 할 것이다.

"아니야, '그 녀석'과의 애무는 상상력으로 성립되는 거라고. 내가 내 손으로 하는 자위와 비슷한 거야, 나는 '그 녀석'의 애무에 몸을 맡기면서 너를 생각해."

나는 애무론이라도 펼치듯 '손가락'과의 애무를 분석하며 도시코에게 변명할 것이다. 나는 고타쓰 안에서 몸을 버들버들 떨면서, 무대 위에서 카타스트로피 장면을 연출하듯 나쁜 장면을 상상했다. '그 녀석'이 도시코라면! 아아, 나는 얼마나 그러길 바랐던가.

나는 도시코가 내가 키우는 '손가락'을 발견하고 보일 태도를 상상하고는 불안해졌다. 도시코가 아닌 다른 사람이, 가령 이 아파트 관리인 아주머니가 '손가락'을 볼 경우에도 그런 일은 생길 수 있다. '손가락'이 여자의 손목과 너무 비슷해서, 그 관리인은 내가 토막 살인을 저지른 게 아닐까 의심하고는, 큰길 저쪽에 있는 공중전화 부스까지 살금살금 가서 경찰에 신고할 것이다.

"그렇다니까요. 네, 착실하게 공부하는 학생이라고 여겼는데, 대체 이게 무슨 날벼락인지. 너무 무서워서, 사람은 겉만 보고 판단할 게 아니네요."

그리고 어느 날 아침, 경찰이 불쑥 나를 체포하러 온다.

경찰에 끌려갔는데, 토막 살인 사건의 진범이 잡히지 않는다면, 나는 고문 같은 취조를 당하다 못해 끝내 그 사건의 범인으로 날조될 것이다. 운 좋게 그런 일이 벌어지지 않더라도, 나는 경찰의 조롱거리가 된다. 나와 나이 차이가 별로 안 나는 젊은 경찰은 경멸에 찬 목소리로 이렇게 말할 것이다.

"그런 걸 뭐라고 하는지 알아? 수간이라고 한다고. 뭐? 그 괴물과의 애무는 자위 같은 거라고? 애무래, 이 자식이, 어차피 넌 변태야. 웃기는 소리 하고 있네. 자위라는 말은 제 손으로 주무르고 상상력을 발휘해서 기분을 내는 거야. 네 놈의 애무는 퇴폐라고. 알겠어?"

나는 스스로 상상한 나쁜 장면에 풀이 죽었다. 바람이 불어와 유리창이 덜컹덜컹 흔들린다. 두 다리를 고타쓰 안에 밀어 넣고 있어 이제는 그렇게 춥지 않다. '그 녀석'도 고타쓰 안에서 몸이 풀려 기분이 좋아졌는지 장난을 걸지도 않고 내 다리 위에 고양이처럼 옹그리고 있다. 라디오에서는 시끌시끌한 음악이 흘러나오고 있다. 방구석에 세워놓은 이젤에서는 그리다 만 '열다섯 개의 눈이 숨어 있는 정원의 오후' 속 눈이 나를 노려보는 타인의 눈처럼 맨 전구 빛 속에서 희미하게 빛나고 있다.

우리는 카페 'SAV'에 있었다. 캠퍼스 주변에 있는 음식점이나 서점처럼 조그만 카페 안에서, 나와 나의 친구들은 연두색 유리문 너머로 비쳐 보이는 사람들을 쳐다보며 유쾌하지도 불쾌하지도 않은 대화를 나누고 있었다. 데모 중인 캠퍼스에도 학생들이 꽤 있다, 나는 자신의 일과를 떠올리며 다소 자조적인 말을 생각했다. 이 녀석들도 자기 일상의 파괴를 용인할 수 없어, 자칫하면 조금씩 무너져가려는 일상생활을 다잡기 위해 하루에 한 번 학교에 오는 것이리라.

음악이 작은 소리로 흐르고 있었다. 지배인 사이키 씨는 우리 셋이 유난히 담배를 피워대고 물만 마시는 것을 보고는 내게 간지러운 웃음을 보냈다. 얼굴은 턱수염을 길러 우락부락한데 여자 같은 목소리로 우리를 놀렸다.

"뭘 해야 할 것인가, 그런 분위기인데."

우리 셋은 사이키 씨의 말투와 똑같이 밝게 소리 내어 웃고는, 학생들 사이에서나 통하는 지식으로 채색된 은어 같은 말의 적절한 사용과, 그걸 바로 이해하고 밝게 웃는 우리 셋의 지식수준에 만족했다.

"뭘 해야 할 것인가? 그렇다고 내가 데모대에 동참할 수는 없고."

R이 퉁명스럽게 말했다. S는 주간지를 팔락팔락 넘기면서 애매한 미소와 함께 사이키 씨에게 이렇게 대답했다.

"우리 문제는 뭘 할 수 있나? 오히려 그쪽이죠. 이 상황에서 뭘 해야 하나? 하는 게 아니라 이 상황에서 뭘 할 수 있나? 하는 체제 내적인 문제라고요."

나는 뭘 해야 하나? 하고 생각했다. R처럼 나 역시 데모대에 섞여 운동을 할 수는 없다. 나는 먼저 나의 일상을 위해 뭘 해야 하나? 그 생각을 해야 할 것이다. 나는 유리문 너머 길 저편, 이파리가 완전히 떨어진 가로수 옆, 의자와 책상으로 쌓인 바리케이드로 완전히 봉쇄된 교문을 쳐다보고, 바깥을 오가는 사람들을 보며 '그 녀석'과 도시코를 생각했다. 나의 일상에 들어온 그들에게 나는 뭘 해야 하나? 나는 앞으로 그 점을 찬찬히 생각해보기로 했다.

"준, 그녀와는 잘되어가고 있지?"

사이키 씨가 내게 물었다. 사이키 씨는 곡이 끝난 레코드를 멈춘 뒤, 새로 들어온 손님을 위해 컵에 물을 더 따르고, 내 대답은 듣지도 않고서 말했다.

"조심해야지, 안 그러면 올 여름에는 아빠가 될 수도 있어."

"내 고등학교 친구 중에 고3 때 아빠가 된 녀석이 있었는데, 고등학교 졸업하자마자 부모가 그 여자와 결혼시켜버렸어."

R이 사이키 씨의 농담에 따라 내 반응을 살피며 말했다.

나를 놀리는 사이키 씨와 친구의 말을 들으면서, 그 경박한 말투 속에 밝음이 담겨 있는 것은 어째서일까, 하고 생각했다. 사이키 씨나 R과 S나 '굶주린 늑대' 같은 이미지는 아니다. 데모 영화를 보고 돌아가는 길에 내게 말을 걸었던, 추워서 버들버들 떨면서 "그 녀석에게 아무런 감정도 느끼지 못하는 거야!" 하고 나를 다그쳤던 학생처럼 그늘진 얼굴도 아니다. 그들은 밝다. 그들도 나처럼 만족하고 있는 것이다.

나는 그들의 놀림을 무시하고 조금 불쾌한 감정을 품은 채, 정오가 가까워져 강렬한 햇살에 번들거리는 큰길의 아스팔트를 쳐다보았다. 조그맣게 흐르기 시작한 음악이 내 귓가에 들리자마자 공중분해되는 것처럼 나는 불쾌함을 안고 있었다. 안쪽에 앉아 있는 학생들의 대화가 내 몸속으로 날아든다. 'proposition'이라는 단어는 '명제'라는 뜻이지? 'erection'은 '발기', 'stand erect', 낯간지러운 색채를 띤 학생의 목소리를 들으며 나는 '그 녀석'을 떠올렸다.

'그 녀석'의 약간 눅눅한 손바닥, 부드럽게 지방이 낀 손가락 마디. '그 녀석'은 내 성기를 여자의 그것인 것처럼 애무한다. '그 녀석'은 팬티 위로 나의 성기를 더듬는다. 나는 강압적으로 발정한 수캐처럼 성기를 곧추세우고 음탕한 상상을 시작한다. 그야말로 나는 심술궂은 소년들 때문에 발정해 뜨거운 눈물을 글썽이며 코를 벌렁거리기 시작한 수캐다. '그 녀석'의 몸이 팬티 안으로 기어 들어와 음모 위를 서성거리고, 눅눅하고 부드러운 그 손가락으로 내 발기한 성기를 건드린다. 나는 쾌락을 향해 흥분한 근육을 바짝 움츠리고 '그 녀석'의 애무를 받아들이기 시작한다. 그 애무는 자위행위, 페팅과 본질적으로 똑같다. 다른 점은 나 자신의 손가락도 여자의 손가락도 아닌 '그 녀석'의 손가락이 사용된다는 것뿐이다. '그 녀석'은 유사 여자로 나를 자극해 흥분시키고 사정하게 한다.

　나는 갑자기 사이키 씨와 R이나 S도 나처럼 '그 녀석'을 키우고 있지 않을까 하고 의심하기 시작했다. 그들도 '페팅 펫', '황금 손가락', '애무하는 손가락', 즉 기괴한 펫 '그 녀석'을 방구석에 남몰래 키우면서, 매일 밤 애무를 받고 있는 것은 아닐까 하고 생각했다. 만약 그들의 명랑함, 만족스러워 보이는 밝은 인상이 '손가락'의 애무 덕분이라면, 방 안에서 불안에 몸이 옭매인 어느 날 갑자기 '그 녀석'을 키우고 있다는 이유만으로 의심을 사 경찰에 체포된다는 카프카적인 나의 걱정도 없어질 것이다.

　사이키 씨와 친구들은 영화 얘기를 하고 있었다. 유리문을 배경으로 서 있는 사이키 씨의 얼굴을 보며 나는 사이키 씨가 애무 받고 있는 장면을 상상하려 했다. 그러나 나의 그 착상은 이내 무너지고 말았다. R과 S가 '손가락'을 키우고 있을 가능성은 생각해볼 수도 있지만, 사이키 씨에게는 가족이 있다. 사이키 씨는 '손가락'의 애무를 받아들일 틈이 없다, 나는 나 자신의 다소 해학적인 착상에 쓴웃음을 지었다.

　레코드가 다 돌아가자 사이키 씨는 카운터 쪽으로 돌아가면서 우리 셋을 향해 밝은 목소리로 말했다.

"저 영화처럼 매일 스릴 있게 살면 좋지."

유리문 너머로 언뜻언뜻 보이는 길이 부드럽게 빛나고 있
다. 바리케이드용 의자와 책상에 덕지덕지 붙어 있는 동아
리 모임의 데모 지지 선언 전단지가 먼지를 머금은 바람에
팔락거린다. 나는 담배를 꺼내 불을 붙이고, 영화에 관한
R과 S의 얘기를 들으면서 그들에게 느껴지는 작은 위화감을
생각했다. 사이키 씨는 몰라도 R과 S는 '손가락'을 키우고 있
을 가능성이 있다. 담배를 피우자 머릿속에 생겨난 낙담 같
은 현기증이 일었다.

나는 불안했다. 나의 일상생활에 만족하고 있었지만, 불안
했다. 나는 음모가 돋기 시작한 소년처럼 알몸인 채로 욕실
의 커다란 거울 앞에 서서 머리, 얼굴, 목, 가슴, 다리를 점검
해보았다. 나의 벗은 몸은 당당했다. 건강하고 남자다운 몸
이다, 그렇게 확인했는데도 내 몸속에 파고든 말랑말랑한 불
안 덩어리는 녹지 않았다.

나는 불안의 원인을 도시코와 '그 녀석'이라고 생각했다.
도시코는 언젠가는 반드시 내가 '그 녀석'을 키우고 있으며,
'그 녀석'의 애무를 받아들이고 있다는 것을 알게 될 것이다.
그러나 R이나 S, 또 성충동이 강한 다른 사람도 '그 녀석'을

사육하고 있다면, 도시코가 나를 '변태!'라고 단정하고 절교를 선언하는 일은 없을 것이다.

나는 길거리를 걸으면서도 '그 녀석'을 키우고 있을 만한 사람을 찾았다. 우선 밝게 소리 내어 웃는 청년, 만족에 겨운 얼굴, 그리고 얼굴은 환한데 다소 불안정한 젊은이, 나는 전철 안이나 인파 속에서 나의 동지를 찾느라 분주했다.

나는 나 자신의 우스꽝스러운 발상 때문에 금세 초췌해지고 말았다. 한번은 전철을 탔더니 구석에서 손잡이를 잡고 있는 보험 판매원처럼 지친 중년 남자를 제외하고는 모두가 '그 녀석'을 키우면서 애무를 받고 있을 것처럼 보였고, 또 한번은 길거리에 오가는 사람들의 눈이 모두 "너는 그 녀석에게 아무 감정도 느끼지 못하는 거야!" 하고 따졌던 그 학생처럼 어두워 보였다. 나는 거의 적의를 띤 듯 내게 꽂히는 시선에 겁을 먹었다. 야쿠자 같은 남자는 자기를 노려보았다면서 나를 위협했고, 동성애자들은 히죽 웃으며 나를 불러 호텔로 가자고 했다.

나는 정말 혼란스러웠다. 불안한 채로 내 방으로 돌아와 '손가락'과의 동거 생활을 다시 시작한다. '손가락'은 내가 들어온 것을 알자, 벽장 한구석을 점거하고 있는 녀석의 둥지에서 후다닥 뛰쳐나와 내 발을 툭 치며 환희를 표현했다. '손가락'은 내 어깨에 올라타, 마치 10년 만에 다시 만나는 것처럼 그 부드러운 손가락으로 내 뒷머리와 목덜미를 쓰다듬는다.

나는 '손가락'의 애무에 이미 길들었다. '손가락'이 공부하다 지쳐 드러누운 나를 애무하기 시작해도, 나는 성충동의 향방에 따라 싫으면 거부하고 내키면 받아들일 수 있게 되었지만, 그래도 '손가락'의 애무가 다소 과도해져서 걱정하고 있었다. 나는 정말 아이러니한 비극이 될 것이라고 생각했다. '페팅 펫'인 '황금 손가락'에 발정하고 사정하던 나머지, 상상력에 따른 애무가 아니라 실제로 육체를 지닌 도시코와 관계하려 할 때 정작 내 성기가 발기하지 않는다면, 나는 정말 우스꽝스러운 비극의 주인공이 된다.

나는 밀실 상태의 방에서 '손가락'과 생활하고 있었다. 외출할 때도 방에 있을 때도 문을 잠갔다. 자폐증에 걸린 건 아니지만, 어느 날 갑자기 내가 체포될 거라는 카프카적 불안 때문이다.

'그 녀석'은 내 몸을 손가락으로 더듬었다. '손가락'의 몸이 턱과 목덜미에 돋은 짧고 거친 수염을 애무했다. '손가락'이 내 가슴으로 옮겨간다. '손가락'에게 내 가슴은 피곤을 풀기 위한 휴게소 같은 곳이다. '손가락'은 그곳에 다섯 손가락을 딱 대고 내 심장 소리를 듣거나, 때로 힘껏 힘을 주고 뼈를 더듬었다. '손가락'은 윗배에서 성기로 내려가는 길을 다섯 손가락으로 꿈틀꿈틀 나아가기 시작한다. '손가락'이 성기에 닿는다. '손가락'은 성기를 애무하다 말고, 부드럽고 눅눅한 감촉의 손바닥과 손가락으로 음모와 허벅지 근육을 쓰다듬는다.

나는 '손가락'의 움직임으로 흥분하기 시작한다. 머리맡에 놓인 간단한 장치의 스탠드 빛 속에서 나 자신의 성기가 천천히 부풀어 발기하는 것을 관찰하며 상상력에 따른 애무가 아닌 현실적인 페티시즘에 따른 애무를 경험해보자고 생각했다.

지금까지 나는 '손가락'에 의해 발정하고 사정했지만, 그것은 도시코나 다른 여자를 연상했기에 가능한 일이었다, 그러나 오늘은 이 기괴한 생물을 사정의 대상으로 삼겠다, '손가락'은 지금 여자를 연상케 하는 매체가 아니다, 나는 '손가락'의 몸 자체를 내 쾌락의 대상으로 한다, 하고 발기한 채 생각했다. '손가락'이 나의 성기를 애무하기 시작했다.

나는 상상력을 내동댕이친 채 하반신에 힘을 주고 '손가락'의 애무를 보면서 몸속에서 끓어오르는 수치심을 느꼈다. 나는 '손가락'의 움직임을 쳐다보면서 손목이 잘려나간 여자

를 상상했다. 내 성기를 애무하는 손목, 하고 나는 쾌락을
향해 치닫는 흥분을 느끼며 생각했다. 나를 애무하는 이 손
목은 대체 누구의 손목일까? 이 녀석은 정말 토막 살인을
당한 여자의 손목인지도 모른다, '손가락'은 손톱으로 내 성
기에 약간 상처를 냈다. 간질간질하고 따끔거린다. 한번 살해
되었지만, 이 손목이 보여주는 것처럼 언젠가 육체의 모든
조각이 다 모이면 그 여자는 되살아난다. 나는 '손가락'의 몸
을 보면서 '손가락'의 애무를 받고, 생각했다. 그 여자는 토막
살인을 한 범인을 찾아 끔찍한 복수를 기도할 것이다. '손가
락'은 내 성기의 폭발이 머지않았다는 듯이 힘주어 나를 애
무했다. 혹시 이 녀석은 아주 새로운 종류의, 내가 처음 발견
한 생물인 것일까, 내 성기는 사정 직전이다, 나는 '손가락'을
보면서 '손가락'의 기괴한 애무를 받아들이고 발정하고, 이제
사정 직전이다, 말이 내 머릿속에서 널뛰기 시작했다. 나는
사정한다, 숨을 멈추고 흥분을 견디려 하는 탓에 목이 고통
스럽다, 페티시즘에 의한 사정……

　나는 불안했다. 거의 밀실과 다름없는 방에서 '손가락'의
기묘한 애무를 지속적으로 받으면서도, 과포화 상태의 애무
에 넌더리를 내고 또 불안해했다. 나의 생활, 나의 일상이라

는 말을 거듭하면서, 나는 일상의 세부를 미친 듯이 시시콜콜 점검했다. 나는 데모 중인 학교에 매일 갔고, 프랑스어 공부도, 독서도, 그리고 도시코와의 관계도 순조롭게 이어가고 있다고 생각했다. 나의 일상은 확고하게 존재하고 있다고. 그런데도 불안했다. 성욕에 휘둘리는 일도 없다, 연인도 있다. 나의 생활, 나의 일상, 그것은 다른 여느 젊은이와 별로 다르지 않다. 하지만 나는 '손가락'으로 비롯된 일상에 불안을 느끼고 있었다. 그것은 나 같은 나이의 젊은이에게는 사치스러운 불안일지도 모른다, 나는 성욕의 과포화에 불안을 느끼고 있고, 누군가 '손가락'을 봤을 때 생길 수 있는, 어느 날 갑자기 체포될 거라는 카프카적 불안도 있다.

나는 뒤가 구린 감정을 지닌 채, 전철에 탄 젊은이들을 쳐다보면서 그들도 모두 '손가락'을 키우고 있을지 모른다고 생각하고, 그렇지 않다면 '손가락'을 한 마리씩 그들 방에 보내 내가 느끼는 불안을 그들도 느끼게 하고 싶었다.

'손가락'은 내 방의 벽장 속에 얌전히 웅크리고 있었다. 나는 '손가락'을 방에서 내쫓을 방법을 생각했다. 나는 소리 나지 않게, '손가락'이 놀라지 않게 책상 대신 사용하고 있는 고타쓰 안에 두 다리를 들이민 채, 나 자신이 원숭이 같다고 생각했다. 자위를 배운 원숭이처럼 나는 '손가락'에 의해 발정하고 사정하고 있다. 나는 우선 '손가락'을 버리는 방법을 생각했다. 비닐 주머니에 담아 그걸 또 종이봉투에 넣고, 다른 쓰레기와 함께 쓰레기 소각장에 던져 넣는다. 성공한다면 가장 좋은 방법이다. 그러나 누가 발견한다면, 게다가 '손가락'이 죽어 움직이지 않는다면, 나는 그야말로 토막 살인 사건의 범인이 되고 말 것이다. '손가락'을 황산에 녹이는 방법을 생각했다. '손가락'을 말 그대로 토막토막 잘라 황산에 담가 뼈와 살을 녹인다. 녹지 않은 뼈는 들개에게 던져주면 된다. 나는 '손가락'을 추방하는 잔인한 방법을, 실행할 수 있을 것 같지도 않은 방법을 심각하게 생각하는 나 자신이 우스꽝스러웠다. 나는 몸속에서 끓어오르는 애매한 미소를 느끼고, '손가락'을 너무 과장되게 여기고 있다고 생각했다. 앞으로 '손가락'과의 애무가 과도해지지 않도록 충분히 주의하고, 또 이 방에 다른 사람이 멋대로 들어오거나 들여다보지 않도록 주의하면 될 일이다.

나는 나 자신이 품고 있는 불안을 별것 아니라고 생각했다. 어느 날 갑자기 체포될 수도 있다는 불안도 별것 아니라고. 내가 토막 살인을 저지른 것이 아니고, '손가락'도 아주 새로운 생물이 아니라는 것을 알면 경찰은 바로 풀어줄 것이다. 젊은 경찰이 나를 경멸하든 모욕하든 그 인간이 내뱉은 말과 같은 양의 말로 경찰의 단순 무지한 애무론을 비웃어주면 된다고 생각하면 별일 아니라고. 변태, 호모! 그런 말을 듣는다 한들 '손가락'에게 개나 고양이처럼 질이나 항문이 있는 것도 아니니 해당 사항이 없다. 그저 '손가락'이, '그 녀석'이 내 성기를 애무하는 것이니, 그것은 페팅이고 자위일 뿐이다.

하지만 나는 도시코를 만날 때마다, 도시코가 내게 변태! 라고 욕하고 경멸하지는 않을까 하는 두려움에 몸이 화끈거렸다.

나는 나의 일상의 규칙을 따라 그날도 오후 3시에 조그만 카페에서 그녀를 만났다. 도시코는 나를 보자마자 안색이 안 좋다고 했다.

"준, 공부를 너무 열심히 하나 보네."

그렇게 말하면서 내 얼굴을 보고는, 접시에 놓인 커피 잔을 들어 한 모금 마시고 웃었다.

"이상하네, 재수생 시절에는 공부도 잘 안 하고 맨날 돌아다니기만 하더니."

나는 매니큐어를 엷게 바른 도시코의 손가락을 쳐다보고,

도시코에게 연인답게 할 말을 찾았다.

'그때 처음 여자를 알았으니까. 공부는 제쳐놓고 굶주린 늑대처럼 먹잇감을 찾아 돌아다녔던 거지.'

나는 목구멍에서 기어 나오려는 말에 씁쓸하게 웃었다. 나는 도시코의 말에 겁을 집어먹고, 그녀의 얼굴을 쳐다보았다.

나는 도시코를 데리고 모던재즈 카페에서 나와, 도시코의 어깨에 손을 두르고 바람이 살랑 불어올 때마다 턱을 간질이는 머리칼을 느끼며, 학교가 데모에 들어간 지난 한 달 동안 우리 둘을 위해 사용하는 여관으로 향했다.

나는 도시코의 젖가슴을 애무하고, 도시코의 몸에 올라타 사정의 조짐이 찾아올 때 my time을 기다리면서, 오래도록 고군분투하는 꼴로 몸을 움직이고 있었다. 도시코는 내가 몸을 거칠게 움직일 때마다 마치 불감증인 여자처럼 아프다고 항의했다.

나는 어슴푸레한 어둠 속에서 매니큐어 바른 손가락을 보며 '그 녀석'의 몸을 떠올리고, '그 녀석'의 몸이 여자 손목과 똑같으니 손톱에 분홍색 매니큐어를 칠해줘도 좋겠다고 생각하고는, 기묘한 흥분의 절정 속에서 사정했다.

우리는 축 늘어진 서로의 몸을 껴안고 있었다. 도시코는 내 이마에 배어난 땀에 입을 맞추며 나를 놀렸다.

"준, 상당히 거칠어졌네. 이제는 네 번이나 혼자서 싸지르던 준이 아닌 것 같아."

도시코가 한 말의 독에 나는 몸을 움직일 수 없을 정도로 수치심을 느꼈다. 나는 작은 수치심을 안고서, 빛이 비치는 방 안에서 알몸으로 일어나 옷을 걸치기 시작했다. 도시코가 내 얼굴을 보면서 키득키득 웃었다.

"준, 너 살이 좀 찐 것 같다."

도시코는 내가 불빛 속에서 수치심에 서둘러 옷 입는 걸 보고는 웃으면서 말했다. 나는 도시코의 말을 제대로 알아듣지 못해 되물었다. 도시코는 알몸으로 일어나 속옷을 입은 내 몸을 껴안고 말했다.

"이거 봐, 살쪘지. 예전보다 엄청 쪘어."

그리고 내 윗배를 손바닥으로 쳤다. 나는 도시코를 쳐다보면서, 도시코가 한 말에 충격을 받아 긴장한 채 얼굴로만 애매하게 쓴웃음을 지었다. 도시코는 나의 그런 표정을 보고서 더 놀려주겠다는 식으로 키득키득 웃으며 말했다.

"너무 살찌면 폼이 안 나지."

나는 예전보다 살이 엄청 쪘다는 도시코의 말을 머릿속으로 수도 없이 반추하면서, 온몸을 휘감는 수치심을 느꼈다.

나는 살이 쪘다, 도시코와 나란히 걷고, 때로 내 몸에 기대는 도시코의 몸 냄새를 맡으며 나는 조그만 자기혐오를 느꼈다. 나는 살이 찌기 시작했다. 나는 마치 작은 코가 번들거리는 중년 남자처럼, '손가락'과 도시코 사이에서 과포화 상태가 된 욕망과 아무리 비비고 얼러도 불끈 발기하지 않는 만족해버린 성기를 지닌 채, 스물한 살이라는 이른 나이에 벌써 살이 찌기 시작했다.

'그 녀석'과의 징글징글한 애무를 반복하면서부터 내 온몸에 지방이 붙기 시작했을 것이다, 나는 도시코의 어깨를 거의 꼬집다시피 힘주어 껴안으면서, 자학의 가시에 싸인 말을 나 자신을 향해 토해냈다.

나는 도시코의 몸을 꽉 껴안고, 도시코를 향해 목구멍 저 안에서 짓눌린 듯한 소리로 물었다.

"내가 살이 쪘다는 걸 남이 봐도 알겠어? 옷을 입은 상태에서도 알겠어?"

도시코는 내 눈을 쳐다보고, 이번에는 나의 수치와 불안을 이해한 듯이 키득키득 웃지 않고 대답했다.

"카페에서 봤을 때는 몸이 좀 안 좋은가 했어, 그런데 옷을 벗은 줄 보니까 살이 쪄서 그렇다는 걸 알겠더라."

도시코는 그렇게 말하고 나를 마주 보며 왜 걱정하느냐고 물었다.

"조금 살이 찐 정도는 오히려 당당해 보여서 좋은데, 왜 걱정해?"

나는 대답은 하지 않고 입을 꾹 다문 채 선로 옆길을 걷기 시작했다.

저녁이 찾아왔다. 나와 도시코는 선로 위를, 마치 열다섯 살짜리 연인처럼 아이스크림을 핥으며 어슬렁어슬렁 걸었다. 오늘은 종일 도시코와 함께 있을 작정이었다. 선로를 지나, 나와 도시코는 오쿠보 차량 기지의 굴뚝 위에서 시위하는 남자를 보러 갔다. '그 녀석', 하고 나는 생각했다. '그 녀석'은 방에서 내가 돌아오기를 기다리고 있을 것이다. 나를 흥분시키고, 배부른 수캐처럼 만들고, 투실투실 살찌게 하기 위해, 그 녀석은 방 안을 버스럭버스럭 돌아다니고 있을 것이다. 나는 '손가락'을 떠올리고, '손가락'을 추방하는 방법을 생각했다. 그 녀석이 내 방에 있는 한, 나는 자칫하면 토막 살인 사건의 범인으로 몰릴 수도 있다.

도시코는 내 등에 팔을 두르고, 내 얼굴을 들여다보며 걸었다. 전철이 우리 바로 옆을 덜컹덜컹 소리 내며 지나간다. 네온사인이 점차 또렷하게 보인다. 때로 바람이 세게 불 때마다 우리는 마치 외국 영화의 한 장면처럼 서로를 껴안아 바람을 견디고, 그리고 부끄러움에 웃었다.

지붕이 낮은 술집 거리를 빠져나가자 그 굴뚝이 보였다. 점차 먼지 낀 어둠으로 덮여가는 하늘을 향해 우뚝 솟은 허접한 굴뚝 위에, 노란 텐트를 치고 스피커를 손에 든 두 남자가 서 있었다. 나는 굴뚝 중간쯤에 걸린 현수막을 보고, 블랙잭을 하다 상대에게 뒤통수를 얻어맞은 듯한 충격을 느꼈다.

〈당신을 애무하는 손가락의 판매를 중지하라!〉

바람에 현수막이 펄럭거렸다. 나는 도시코의 어깨를 꽉 껴안고 있었다. 판매를 중지하라! 굵고 뻘건 글자로 그렇게 쓰인 현수막은, 바람이 조금만 불어도 펄럭거린다. 도시코는 놀라는 나를 이상해하며, 왜 그래? 하고 물었다. 나는 잠자코 머릿속에 맴도는 언어에 질서를 부여하려 했지만, 전혀 의미를 이루지 못했다.

나는 굴뚝 위에 서서 시위 중인 두 남자를 보고, 그리고 천천히 말을 더듬어 찾았다. 당신을 애무하는 손가락의 판매를 중지하라! 저건 대체 무슨 말일까? 나는 거의 욕지기까지 느끼면서 현수막과 두 남자를 쳐다보았다.

나의 흥분은 좀처럼 잦아들지 않았다. 도시코는 흥분한 내 얼굴을 보고, 카페에 들어가 쉬자고 했다. 내 몸을 껴안다시피 하고서 말했다.

"이상해. 준, 너 오늘 만났을 때부터 계속 이상했어."

나는 도시코를 따라 카페 안으로 들어가면서 온몸으로 기묘한 흥분을 느끼고, 내가 이상하구나, 하고 생각했다. 그렇군, 요즘 계속 이상했어.

나는 따뜻한 실내와 사람들의 입김과 시끌시끌한 대화 속에서 안정을 찾고, 마치 기 죽은 소년 같은 감정을 지닌 채 도시코를 쳐다보았다.

"왜 그러는데?"

도시코가 내 눈을 쳐다보며 물었다. 나는 도시코에게 굴뚝 중간에 걸려 있는 그 현수막에 대해 물어보았다. 도시코는 내 얼굴을 쳐다보며 말에 대한 반응을 기다리듯 또박또박 말했다.

"그건 결국 광고야."

나는 도시코가 한 말의 의미를 몰라 되물었다. 도시코는 물만 마시면서 내 질문에 대답하고, 내 감정의 응어리를 풀어주려는 듯 정성스럽게 얘기했다.

"그건 새로운 형태의 펫을 시판하는 걸 반대한다는 말이
야. 그런데 굴뚝 시위를 하는 사람들은 그렇게 하면 오히려
광고가 되는 꼴이라는 걸 몰라. 그러니까 교묘하게 광고를
하고 있는 셈이지."

나는 그 새로운 형태의 펫이 어떤 것인지 도시코에게 물었
다. 도시코는 신문이나 텔레비전을 보지 않느냐고, 이상하다
는 듯이 되물었다. 도시코는 말로 설명하기가 귀찮았는지 신
문을 들고 와 내게 읽어보라고 했다.

"여기 광고가 실려 있어."

당신만을 위한 새로운 펫
당신의 머리칼을 애무하고
당신의 부드러운 손을 애무하는 펫
마침내 출시!

나는 완전히 당황하고 말았다. 나의 성기를 애무해 흥분시
키고, 나를 살찌게 하고, 나를 불안에 빠뜨리는 범인, 그 '손
가락' Gold finger의 기괴한 사진까지 실린 광고였다. 그 녀
석은 나의 성기를 애무하기 위해 지금쯤 방 안에서 다섯 손
가락으로 버스럭버스럭 기어 다니고 있을 것이다. 그 사진,

그 녀석과 똑같은 동지의 사진이 여기 실려 있다.

당신을 애무하는 손가락
그 초현실적인 애무를
당신도 한번 느껴보지 않으실래요?

도시코가 내 얼굴을 쳐다보고 있다. 나는 도시코의 두 눈과 코와 입술을 느끼면서 '손가락'의 동지가 찍힌 사진을 쳐다보았다. 어린아이 손목 같은 '손가락', 남자의 손목 같은 '손가락', 여자의 손목 같은 '손가락'이 찍혀 있다. 나의 놀람은 거의 공포에 가까웠다.

  * 전국에서 1만 명 정도 되는 고객이 '당신을 애무하는
    손가락'의 애무를 느끼고 계십니다.

조그만 글자로 그렇게 쓰여 있었다. 나는 혼란스러워하며, 도시코에게 무슨 말을 하려 했다. 도시코는 내가 혼란스러워한다는 것을 알고 이렇게 말했다.
"참 이상한 펫도 다 팔지."
카페 안은 사람들로 북적거리고 시끄러웠다. 바람도 불지

않는데 입구 근처에 놓여 있는 화분의 두툼한 고무나무 이파리가 흔들리는 것처럼 보인다.

"그래도 이 갓난아기 손 같은 '손가락'은 귀엽다."

나는 도시코의 얼굴을 보고, 출구를 찾지 못한 채 허공에서 빙빙 맴도는 담배 연기를 바라보면서 생각했다. 나는 이제 '손가락'에 대한 카프카적 불안에서 벗어날 수 있다, 나는 침착하게, 흥분한 감정을 하나하나 터뜨리듯 천천히 생각했다.

나는 '그 녀석'의 애무에서 벗어나야 한다. 어떻게 하면 좋을까? 침착함을 되찾은 나는, 머릿속으로 버스럭버스럭 기어 다니는 '손가락'들을 상상하면서 그 기괴함에 웃고, 또 생각했다.

당신을 애무하는 손가락
그 초현실적인 애무를
당신도 한번 느껴보지 않으실래요?

'그 녀석'을 추방해도 내 방에는 제2, 제3의 '그 녀석'이 잠입할 것이다. 나는 그렇게 생각하면서, 굴뚝 위에 올라가 시위하는 두 남자를 떠올렸다. '그 녀석'에게서 벗어나지 못하면 나도 그 굴뚝에 올라가, '당신을 애무하는 손가락을 타도하라'라고 쓴 현수막을 늘어뜨리고 시위를 할까, 하고 생각했다.

굴뚝 아래에는 내가 발을 잘못 디뎌 지상으로 떨어지기를 기다리는 '그 녀석'들이 굴뚝을 에워싸고 있다. 나를 발정하게 하고, 성기를 발기시키고, 사정하게 하기 위해. 저 Gold finger인 '손가락'들이 나를 기다리고 있다. 나는 굴뚝 위에서 완전히 쪼그라들어 바늘처럼 변한 성기를 두 손으로 가리고 바들바들 떨면서, 지상을 꽉 메우고 꿈틀거리는 '손가락'들을 내려다보게 되리라.

갑자기 해학의 가시를 품은 웃음의 충동이 내 몸을 들쑤셨다. 나는 키득키득 웃었다. 도시코가 놀라 내 얼굴을 보고 물었다.

"왜 그러는 거야?"

나는 키득키득 웃으면서, 점차 높아지는 웃음소리를 억누르고 외치듯 말했다.

"나는 앞으로 더 살찔 거야!"

내 웃음소리에 주위 손님들이 나를 돌아보기 시작했다. 웃으면서 나는 살찌겠다고 생각했다. 점점 더 살이 쩌주겠다, 온몸이 지방으로 뒤룩뒤룩해질 때까지, 얼굴이 축구공처럼 부풀어 목이 없어질 때까지, 가슴과 허리와 배에 10센티미터고 20센티미터고 지방의 막이 낀다. 나는 점점 살이 찐다. 나는 낄낄거리며 크게 웃었다. 나는 마치 대형 냉장고처럼 살찐 나 자신을 상상했다. 그 녀석은 내 방에서, 내가 공부를 하다 지쳐 누우면 바로 내 성기를 애무하려 들 것이다. 그 녀석의 다섯 손가락은 힘을 주고 누를 때마다 쑥쑥 들어가는 두꺼운 지방으로 덮인 아랫배를 더듬어 음모의 숲으로 내려가 성기에 도착할 것이다. 하지만 그 녀석은 내 성기를 찾을 수 없다. 내 아랫배의 지방이 성기를 완전히 뒤덮었기 때문이다. '그 녀석' 즉 '손가락'은 어쩔 줄 몰라하며 내 아랫배 위를 오락가락할 것이다.

나는 계속 웃다 못해 눈물까지 흘렸다. 종업원이 다가와 몇 번이나 웃지 말라고 주의를 주었다, 그래도 여전히 웃는 내게 "날 뭐로 보는 거야" 하고 화를 내면서 나를 끌어내려 했다. 도시코가 종업원을 가로막고 변명하듯이 말했다.

"이 사람이 오늘 좀 이상해서 그래요."

종업원은 조금은 잦아들었지만 그래도 여전히 웃고 있는 나를 쳐다보며 말했다.

"미친 거라면 어쩔 수 없지."

그러고는 우리에게 바로 나가달라고 요구했다.

카페에서 나온 후에도 나의 발작적인 웃음은 그치지 않았다. 나는 점점 살이 쪄 집채만 해진 나를 상상했다. 제아무리 집요한 '손가락'도 그렇게 살찐 나를 애무하려 들지는 않을 것이다. 나는 나 자신의 상상이 빚어낸 웃음으로 배가 아팠다, 눈물이 눈을 뒤덮었다. 도시코는 뚱한 표정으로 말했다.

"오늘 정말 이상하다, 너."

나는 아직도 계속되고 있는 발작적인 웃음에 몸을 비틀면서 생각했다. 그래, 맞아, 요즘 계속 이상했어.

불만족

不 滿 足

아침의 싸늘함이 도로를 얇게 덮고 있는 빗물에 봉인되어, 유월의 이른 더위는 없다. 비는 아메바처럼 쫙 펼쳐진 저 거리를 하얀 싸락눈 같은 방울방울로 감싼다. 그것은, 슬픔에 뒤틀린 소년의 마음이다.

빗방울은 어린 미루나무 가로수의 부드러운 이파리를 때리고, 그 이파리 끝에서 서둘러 동그랗게 맺혔다 차가워져 보도에 떨어진다. 바람이 불었다. 그리스 여신이 걸친 하늘하늘한 옷 같은 비는 바람에 순순히 휘어, 젖은 도로에 조그만 반짝임을 만들면서 구르다, 사라진다.

비는 하얀 하늘을 향해 솟은, 그 삐죽삐죽한 콘크리트 이빨로 짓찢으려는 갑충의 시체 같은 빌딩 모서리를, 매끄럽게 깎아내고 되살아나게 한다.

비가 내리고 있다. 유트릴로의 그림 속 하얀 거리의 알코올 의존증 환자도, 비행소년도, 매춘부도, 아직 잡히지 않았지만 극형에 처해질 살인자도 비에 젖어 있다.

비는 세계를 가둔다. 소슬바람에 날려 전신주에 들러붙었다가 너덜너덜 떨어져가는 구인 광고 전단지 같은 슬픔이라는 감정과, 속된 감상으로 가득한 대중 가요의 코드와, 시큰 둥함과, 어릴 적 멀리서 들려오던 바다 울음을 한밤중에 알고서 움찔움찔 떠는 나 있는 곳에, 세계를 가둔다.

비가 모든 것을 적시고 있다. 내 몸도 '나'의 몸도, 비가 지닌 다양한 감정의 변주에 도로와 빌딩과 선로와 똑같이 비에 젖는다.

하늘 가득히 쉬지 않고 내리는 비는, 나와 '나'의 머리칼을 적시고, 몸을 적시고, 마음을 적시고, 바지를 적시고, 거기에 머문다.

입을 꼭 다문 채, 나와 '나'는 걷고 있다. 싸늘한 아침이다. 이 아침에는 태양의 이글거림을 상상조차 할 수 없다. 우리는 걷고 있다. 보리 이삭처럼 따끔따끔 찌르는 언어가 흩뿌려진 아침이다.

싸늘한 아침, 비로 시작된 유월의 아침, 나와 '나'는 걷고 있다. 비는 바람을 타고 내 이마와 볼에 상쾌하고 기분 좋게 떨어진다. 양수 같은 빗물이 침입한 탓인가, 벅스킨 구두 속이 질컥거린다. 비다.

얼마나 먼 길을, 얼마나 오랜 시간 나와 '나'는 계속해 걸었을까? 보도와 차도 사이 틈에서 해초 같은 색의 잡초가 빗방울에 젖어 흔들리고 있다.

비는 바깥세상을 적시고, 두 다리로 한없이 걸으려는 나의 내부를 모세관현상 같은 느린 속도로 적시고, 나 자신마저 비 내리는 풍경의 일부(그 풍경화에는 '비 내리는 도시의 아침', 또는 '청춘'이라는 제목이 붙어 있다)로 만들어버린다.

나와 '나'에게 비 내리는 아침이란 과연 무엇일까? 말없이, 우산도 쓰지 않은 채, 더구나 노래도 흥얼거리지 않고 걷고 있다. 마치 그리스 비극의 안티고네처럼 눈먼 가면을 쓴 채 걸으려 한다.

밀봉된 채로 내던져진 판도라의 상자, 그 안에 오직 하나 남은, 음란하고 외설적인 '희망'처럼 함성을 지르는 신들의 고귀한 모습은, 이 거리에서는 찾을 수 없다.

움직이지 않는 거리, 비에 젖어가는 거리, 도로에 파인 구덩이에 고인 물이 호수를 만든다. 그 더럽고 비참한 호수 물에 비친 것은, 어쩌면 거리의 나르키소스와 에코를 연기하는 우리 모습인지도 모른다.

전철이 우리 머리 위를 저릿저릿한 하얀 굉음을 일으키며 지나갔다. 비에 젖은 차체, 어제 밤늦게까지 사람들의 작은 즐거움과, 설레는 마음과, 소녀의 풋사랑과, 변태의 발기한 성기와, 발갛게 상기한 청년의 볼, 그리고 수많은 것들을 태우고 움직였던 전철의 태내, 불꽃이 튀는 전선, 하루의 첫 페이지가 확실하게 넘어가고 있다.

바람이 불어온다. 자동차가 헤드라이트를 켠 채 달려간다. 흙탕물이 튄다.

터진 수도관에서 뿜어 나온 물처럼 비는 아스팔트로 뒤덮인 거리를 감싸고 있다. 발바닥에 간질간질한 아픔을 느낀다. 나와 '나'는 차도 한가운데를 걷고 있다. 어리고 조그만 발소리가 아스팔트에 우리들 다리 근육의 율동을 전하고 있다. 택시가 왔다.

내 몸은 막 장마철에 들어 어색하게 내리는 굵직한 빗방울로 얇은 막이 생겨, 싸늘하게 내려간 체온마저 빼앗기는 듯하다. 하얀 페인트가 군데군데 떨어진 건설 회사의 창고가

줄지어 있다. 수국 꽃이 한탄하고 있다.

경보기가 딸랑딸랑 울리기 시작했다. 그 소리는 쉼 없이 내리는 빗속에 맥이 풀릴 만큼 밋밋하게 울렸다가 흔적도 없이 녹아버리려 한다. 전철이 다가온다. 필름에 각인된 것처럼 거대한, 그 애벌레 같은 차체가 천천히 나타나기 시작한다. 전철은 열을 뿜어내고 있다.

자살한다, 내 몸이 산산이 분해되어 튄다, 전철 바퀴, 는, 내게서, 흘러나온 피를 묻히고, 길 위에 튄 나의 흉부, 튀어나온 뼈가 비, 에, 젖는다, 툭 튀어나온 보라색 신의 눈빛.

전철이 진동과 함께 내 옆을 지나간다. '나'는 나를 쳐다보고 있다. 젖은 시선이 내 몸에 맴돈다.

'나'에게 아무것도 아닌 존재인 '나', 인격이나 인칭이 찔레나무 가시처럼 확고하게 있는데도, 이 비와, 이 공기, 그리고 이 감정의 에테르에 녹아버린 것처럼 생각된다.

'나'는 수국 꽃을 꺾으려 한다. 보라색 자잘한 꽃망울이 한데 모여, 기도하는 모습을 한 꽃이 빗방울을 머금고 바람에 흔들리고 있다. '나'의 손이 수국 꽃줄기로 뻗는다. 꽃은 '나'의 손목에, 소년병의 과감한 저항이 연상되는 빗방울의 탄

환을 뿌린다.

'나'와 나는 계속해 걷고 있다. 우리는 마치 태어나서 지금까지 비만 맞고 있는 것처럼, 얼굴과, 팔에 쩍 들러붙은 속옷에 떨어지는 빗방울의 불쾌함에도 익숙해지고 말았다.

'나'는 수국 꽃을 오른손에 들고 한들한들 흔들면서 걷고 있다. 나는 아마 이 '나'의 내부를 생각해야 할 것이다…….

이 회화적 이미지로 가득한 '나'의 행동을, 또는 공기 자체인 것처럼 투명하게 퍼진 '나'의 언어와 행동에 동조하고 따르는 나의 *끈끈한 타르의 바다 같은 내부*를 생각해야 한다.

나는 '나'에게서 뭘 발견했다고 할 것인가? 자연주의적 문장으로 묘사하자면 상투적인 수사를 사용할 수밖에 없는 '나'라는 존재에 대해…….

나는 아마 '나'를 주인공으로 해서 해학적이고, 게다가 이 비 내리는 아침 같은 하얀 색채를 지닌, 저항으로 가득한 소설을 쓴다. 나는 카메라 렌즈가 떠오르는 메타포를 한껏 사용해 '나'라는 존재를 파악하고, '나'의 배후에 있는 우리 세대를 파악하는 것인가?

비참한 이미지로 채워진 소년의 고독한 오르가슴과 함께 터져 나온 정액의 비는 울타리로 사용된 수국의 꽃잎을 떨게 하고, 가로수를 뒤덮고, 생기를 잃어가는 하늘로 우뚝우뚝 치솟은 빌딩들을 순식간에 적신다.

난센스다. 해학이다. 언어 따위는 무의미하다.

비가 내리고 있다. 마치 저마다 완결된 이야기를 갖고 있는 것처럼, 우리와, 휘어진 전철 궤도에 내리고 있다.

빗방울이 내 눈을 때린다. 머리칼에서 동그란 방울이 되어 떨어진 비가 이마를 타고, 목을 타고 흘러내린다. 너저분한 참새가 건물 위에서 날개를 펼치고 날아 내려와, 도로 위를 총총 걸어간다. 하얀 레인코트를 걸친 사람이 저쪽에서 오고 있다.

나는 '나'를 주인공으로 소설을 쓸 것인가? 나는 비 내리는 아침, 우산도 쓰지 않은 채, 정처 없이 걷고 있는 '나'를 극명하게 묘사한다. 비는 단박에 '나'를 비의 풍경화에 동화시키고 만다.

'나'의 행동은 무의식중에 표현되는 반항의 한 전형인지도 모른다. 사회라는 애매한 존재, '나'를 실어증에 걸리게 하고, 투명한 우리에 가두고, 웃을 권리, 노래할 권리, 떠들 권리, 각종 권리를 빼앗으려는 사회라는 연체동물의 위 같은 것에 대해 있는 힘껏 저항하려는 반항인지도 모른다.

아니면 '나'는 무의미라는 의미 자체에 온몸을 맡기고 있는 것일까? 비 내리는, 새벽녘의 거리를 걷는다. '나'는 그 소설의 주인공처럼, 내 몸속 깊은, 잡초가 빼곡하게 자란 곳에서 지속적으로 폭발하는 무언가를 분석하지 못해 빗속으로 뛰쳐나가, 정처 없이 걷고 있다.

술 취한 '나'.
데모하는 '나'.
성교하는 '나'.
노래하지 못하는 '나'.

그 모두가 난센스다. 우열하다. 그런 일이 인생에서 큰 문제라는 것인가?

'나'를 뭐라고 느끼는 것일까? '나'는 수국 꽃을 손에 든 채 침묵하고, 끝없이 눈으로 흘러드는 빗방울을 손으로 닦아내고 있다.

비는 발정한 수캐의 눈에 고인 눈물 같은 질감을 지니고, 우리 둘을 축축하게 적신다. 누런 물이 도랑에서 콸콸 소리 내며 흘러간다.

이 거리는 아직 잠에서 깨어나지 않았다. 마치 밤새 일한 탓에 너덜너덜 지친 선로 인부처럼, 꿈쩍도 하지 않는다. 참새들이 지저귀는 소리가 들린다. 인분鱗粉 같은 비다. 건물은 엷은 잿빛 하늘을 향해, 노래라도 부르기 시작할 것처럼 빗소리를 울리고 있다. 한없이 평행하게 뻗은 선로가 빛나고 있다.

역이 보인다. 벤치와 젖은 갈색 난간이 있는 입구가 허탈한 감각을 미처 억누를 수 없다는 듯이, 데면데면하게 서 있다. 역무원이 콘크리트 바닥에 쩍 들러붙은 종이 쪼가리와 담배 꽁초를 긁어모으고 있다.

전철이 오렌지색 몸통을 뒤흔들며 플랫폼으로 들어온다. 화려한 전차, 아무 특징도 없이 그저 흔한 전철을 탄다면 '나'는 어떤 반응을 보일까? '나'의 행동이 목적이 없는 게 목적이라면, 우리가 그 전철을 타든 타지 않든 같은 의미가 된다. '나'는 타는 쪽을 선택할 것인가?

불쑥 우리는, 이 아침의 몇 번째 전철에, 늘 타서 익숙한 사람들과 똑같은 표정을 하고 올라타리라. 비어 있는 차 안. 침묵한 채 우리는 앉지도 않고서, 세 번째나 네 번째 역에서 내리리라. 사춘기 소년처럼 너저분한 낭만주의의 피부를 걸친 몸으로, 그 조그맣고 낯선 거리를 느끼려, 조금은 들뜬 걸음을 걸으리라.

— '나', 나의 말은 입술 끝에서 동그란 입자가 되어 빗속으
  로 튀어나간다. '나'는 내 얼굴에 남은 말의 조각을 찾
  으려는 것처럼, 쳐다본다. 나는 전철을 가리킨다.
— 저 전철을 타자. 의문부호로 끝날 말은, 노래 같은 울림
  을 남기고 '나'를 향해 발사된다. '나'는 부드럽게 웃으면
  서 전철을 보고 나를 본다. '나'는 아니라는 듯이 손목
  을 하늘하늘 흔들고, 나의 제안을 물리치려 한다.
— 왜?
— 이제 귀찮아서, '나'의 말이 집게손가락에 생긴 거스러
  미처럼, 내 몸 안에 어색한 위화감을 조성한다.
— 왜? 나는 묻는다. 나는 '나'를 추궁해야 한다. 관처럼 생
  긴 전철에 타지 않으려는 '나'를 생각해야 한다.
'나'는 침묵한 채 걷기 시작했다. 소녀가 그러듯, 수국 꽃
잎을 한 장씩 쥐어뜯는다. 꽃잎은 빙글빙글 돌다 도로에 떨
어진다.
— 타자.
명령조의 내 말은 '나'의 몸을 옭아매려 한다. '나'는 계속

해 걷는다.

— 왜 그러는 거야……?

'나'의 다리가 움직임을 멈춘다. '나'의 내부에는 그 혼돈이 다시금 부옇고 짙은 안개 같은 색감을 띠고 확실하게 떠올랐을까? '나'는 나를 쳐다본다.

— 이제 싫어, 관찰당하는 거.

'나'가 한 작은 말은 확실한 무게를 지니고 나를 다그친다.

— 내가 뭘 관찰한다는 거야?

— 연기는 이 정도로 끝내고 싶어, '나'의 말은 내리는 비
보다 차갑고 거부의 형태를 띤 가시를 무수하게 걸치
고, 내 앞에 쏟아진다.

어떻게 된 것일까, '나'는?

전철이 덜컹거리며 움직인다. 빗방울이 커다랗게 맺혀 차체에서 궤적을 그리며 떨어진다.

— 너는 언제나 그렇지, 나를 쳐다보고 있어. 오늘 아침에
도, 방에서 나와 여기 올 때까지 너는 나를 계속 관찰
했어. 나는 알고 있었어, 지금 네가 나를 어떻게 생각하
는지.

'나'는 젖은 이삭 다발 같은 부드러운 머리칼을 끌어 올린다.

— 나는 말이지, 너의 그 식상한 인텔리풍 사고에 맞춰 연기했을 뿐이야. 너는 비 내리는 아침에 우산도 쓰지 않고 걸어가는 나를 따라오면서 내 연기에 트집을 잡았잖아, 일부러 푹 젖어가면서 말이야.

'나'는 얼굴에 희미하고 작은 미소까지 띠고서 일인극에 등장하는 검찰관같이 흥분한 말투로 내게 말을 뱉어낸다.

— 넌 내 연기를 어떻게 해석했지?

— 왜 그런 질문을 하는 거지?

— '나'의 행동을 사회에 대한 반항의 내적 폭발이라고 여긴 거야? 아니면…….

— 왜…….

'나'의 말, 연기다 관찰이다 해석이다 하는 말이, 탱자나무의 가시처럼 날카로운 돌기가 되어 내 몸에 꽂힌다.

나는 서 있다. '나'가 쥐어뜯은 수국 꽃잎이 비에 선명하게 젖어 있다. 구두 속이 질척질척하다. 비가 내리고 있다. 모든 것을 적셔버리는 하얀 비, 분노도 한탄도 슬픔도 아닌, 그저 하얀 비가 쉬지 않고 내리고 있다, '나'에 대한 그럴싸한 해석, '나'의 식상한 말의 울림, 눈, 젖은 생쥐 꼴 같은 우리.

비가 차갑게 몸에 스며, 내 피부에 도돌도돌 기분 나쁜 감각을 심는다. 비는 종일 그치기를 포기한 것처럼 우리 둘과

거리를, 어느 부분은 냉철하게 깨어 있으면서, 유난히 하얀 흥분으로 감싸버린다. 유월의 아침, 비 내리는 아침, 불량소년의 사정 같은 비애로 가득한 아침, 비에 젖은 트럭이 우리 옆을 지나간다. 나는 말하지 않는다. '나'와 하는 말도, 잠에서 깨어나 의수와 더듬이를 움직이기 시작한 거리에 거는 말도, 지금은 내 목에서 나오지 않는다.

나는 걷기 시작한다, 내 다리는 마치 나와 '나'의 마음인 것처럼 불만족스러운 표정을 띤 채 걷기 시작한다. '나'는 내 발소리에 고양이처럼 살며시 보조를 맞춘다.

비 내리는 아침, 물컹물컹하고 무거운 타르 같은 비가 내리는 아침, 나와 '나'는 다시 침묵한 채, 우산도 쓰지 않고, 노래도 흥얼거리지 않고, 또 걷기 시작한다.

잠의 나날

眠 り の 日 々

<u>1</u>

어디선가 들리는, 진이 끈끈하게 낀 목재를 자르는 전기
톱의 단조롭고 나른한 진동음이 쩍 들러붙다 못해 내 두
귓구멍을 점령하고 있다. 나는 방에서 자신의 팔과 두 다리
가 어디에 있는지 모르는 채, 지금 전기톱으로 몸통이 둘로
잘린 수목처럼 아무것도 하지 않고 그저 벌렁 누워 있다.
아마 그건 내 육체가, 움직일 수 있다는 것을 잊어버린 탓이
리라, 잠이 왔다, 안에 모래가 꽉 차 있는 것처럼 몸이 무거
웠다, 뒤통수가 묵직한 통증을 품고 있다. 어디서 목재를 자
르고 있는 것일까, 집 앞길을 똑바로 가서 큰길로 이어지는
모퉁이에 있는 청년회관 옆 광장일까? 소리는 처음에는 잔

잔한 파도처럼 일었다가 슬픈 표정으로 높아지고, 그리고 한차례 끝났는지 남자들 목소리가 들렸다 다시 약해진다. 잘리고 있는 것이 나의 몸인 것 같은 생각이 들었다. 나는 아침 햇살에 찔려 두 눈이 먼 채, 먼지가 하얗게 날리는 밝은 어둠 같은 이 방에 누워 있었다. 가슬가슬한 빛이 다다미 줄을 부각시킨다. 뒤통수가 묵직한 통증을 품은 아침, 나는 언제나 열이 오른 것처럼 나른하다, 어제도 오늘도, 그리고 10년 전에도 5년 전에도. 어제(아마 어제일 것이다) 나는, 아무것도 하지 않았다. 나도 모르는 새 아침이 왔다. 이파리는 죄다 떨어지고, 얼룩과 먼지만 들러붙어 있는 가로수의 검은 가지가 살아 있다는 생각은 한 번도 하지 않았다. 아파트 지붕의 양철 처마에, 살찐 갈색 쥐 같은 참새가 재잘재잘 지저귀며 돌아다니고 있다. 나는 밥을 먹고, 배설하고, 카페에서 커피를 마시고, 전철을 타고 빌딩 4층에 있는 모던재즈 카페에 가서 재즈를 듣고, "다 괜찮아, 그럼 된거야, 베이비, 그러니까 뜨겁게 키스해줘" 하고 노래하는 여가수를 따라 노래하고, 그리고 길거리에서 어슬렁어슬렁 특별히 하는 일 없이 시간을 보내다, 어제와 똑같이 오늘을 탕진했다.

밤, 문득 생각이 나 기차를 탔다. 고향 역에 아침 8시에 도착했다. 보스턴백 하나 달랑 든 나는, 마치 등 뒤에서 포악한 범죄자가 협박이라도 하는 것처럼 헐레벌떡 아침의 플랫폼에 뛰어내려 여행자들과 함께 개찰구를 향해 걸어가다, 장딴지에서 생겨나 꼬리뼈를 타고 등으로 전해지는 뜨뜻미지근한 부유감을 느끼고 걸음을 멈췄다. 여기는 대체 어디일까?

기차 안에서 잠을 자지 못해 눈 속이 뻑뻑했다. 가벼운 현기증이 나서, 먼지로 덮인 플랫폼에 빨간 보스턴백을 내려놓고, 그 안에서 엷은 색 선글라스와 껌을 꺼냈다. 선글라스를 끼고, 껌을 씹고, 나는 완전히 도시화된 자신의 모습을 상상하고, 마일스 데이비스의 푸근한 트럼펫을 흉내 내며 걸었다. 그리고 집으로 향했다.

이 공부방에서 아침에 잠을 자다니, 몇 년 만일까? 녹색 커튼이 기둥에 묶여 있는 창문 밖에서 두 귀로 흘러드는 전기톱 소리가, 내 눈 속에 있는 통증 같은 부드러운 잠 덩어리를 잘게 자르고 으깨주기를 기대했다. 바랐다. 다 괜찮아, 그럼 된 거야……. 안채와 거리를 두고 마당 한구석에 서 있는 두 평 남짓한 공부방, 이 방은 여름에는 무덥고 겨울에는 양말을 겹겹이 신어도 발치에서 한기가 올라와 나를 괴롭혔다, 먼지를 뒤집어쓴 조그만 책꽂이, 내가 고등학교 시절에 쓰던

니스가 벗겨진 무거운 책상, 안전망이 떨어져나간 낡은 삼엽 선풍기, 방은 어머니가 거의 창고로 사용했는지 검게 그은 옛날 서랍장이 놓여 있다. 과거 나의 유일한 둥지였던 이 방에서, 나는 밤에도 자고, 아침에도 자고, 자위를 배우고, 정신적으로나 육체적으로나 그 무엇도 방해하지 못하는 한 젊은이로서의 나 자신을 확립하기 위한 나날을 보냈다. 행복했던 나의 나날들……

중학교에 들어갔을 때, 아버지의 아들에게 물려받은 이 방에서, 나는 몸을 웅크리고 밤을 견디며 잠들었고, 다시 아침을 맞았다. 그해 삼월, 형이 갑자기 목매어 자살한 후, 나는, 밤, 이 방에서 자는 게 겁이 나서, 눈두덩이 무겁게 내려오고 머릿속이 부드러운 현기증 같은 것으로 점령될 때까지 깨어 있었다. 밤 저편에 있는 한없는 어두운 공간을 상상하고, 한없다는 것에 불안을 느꼈다. 왜 밤이 오면 또 잠이 오는지 이해할 수 없었다. 왜 인간은 죽어서 관에 갇히고, 태워지는지 이해할 수 없었다. 아무도 내게 겁을 주지 않는데, 나는 잠의 연장처럼 자신이 죽어, 영원히 눈뜨지 않는 상황을 두려워했다. 죽어서 시체가 되어서도, 눈을 뜨고 싸늘하게 죽어버린 내 몸을 쳐다보고 싶었고, 그리고 밤늦게, 보통 중학생들의 생활 패턴으로는 상상도 못 할 시간이 되어서야

지쳐서 겨우 잠이 들었다.

아침, 어머니가 내 이름을 부르는 악다구니 같은 소리에 눈을 떴다. 어머니는 처음에는, 학교에 갈 시간이라는 것을 알리기 위해, 사람을 놀리거나 기분이 좋아 노래하는 듯한 부드러운 목소리로, 자고 있는 나를 불렀다. 엄마의 그 목소리는 털이 보송보송한 잎사귀의 뒷면 같은 불쾌함을 주었고, 나는 그냥 잠에 빠져 있거나, 아니면 잠과 깸 사이의 얇은 막 같은 곳에서 그 목소리를 들었다. 어머니는 아침 햇살에 싸인 공부방을 향해 "아키라, 아키라야" 하고 내 이름을 몇 번이나 불렀다. 나의 대답은 들려오지 않고, 일어날 기미도 없다. 5분 후, 엄마는 다시 내 이름을 불렀지만, 대답하지 않았다. 엄마는 급격하고 뜨거운 불안(아마 그랬을 테지만, 지금의 나는 그것이 어떤 느낌이었는지는 모른다)에 쫓겨, 맨발로 마당에 내려온다. 엄마는 몸으로 부딪치듯 유리창을 두드린다. "아키라, 어떻게 된 거야, 왜 대답이 없어" 하며, 창살을 두 손으로 잡아 흔들고, 유리창을 완전히 덮은 커튼 사이로 방을 들여다보려고, 몸을 창문에 바짝 붙인다. 그건 매일의 일과였다. 중학교 시절부터 고등학교 시절까지 내가 한 살씩 나이를 먹을 때마다 심해졌다. 나는 엄마를 거의 미칠 지경으로 만드는 것이 당연한 일이라는 듯 공부방 문을 안쪽에서 단단히 잠그고, 커튼을 치고, 독립을 지켰다. 그렇다, 독립이었다. 그렇게 나는 열여덟 살이 되었다.

세 시간 정도 자고 눈을 떴다. 머리가 아팠다. 날벌레가 귓속에서 무수하게 알을 까고, 그 알이 유충으로 변해 배를 비벼대면서 꿈틀거리고 있다.

"잘 잤니?"

엄마가 웃으면서 억양이 이상한 도쿄 사투리로 공부방에서 나온 내게 물었다. 엄마는 살찐 몸을 구부리고, 발치를 주의하면서 조심조심 게다를 신고, 표면에 빗자루 자국이 남아 있는 콘크리트 마당에 내려가, 잎사귀가 전부 떨어져 헐벗은 벚나무 가지에 걸어둔 빨랫감을 휙 걷어내고서, 속옷 차림의 나를 쳐다보았다. 모든 것이 달라졌다. 햇살이 나를 완전히 감싸, 몸에 빛의 섬모가 생긴 것처럼, 눈이 부셨다.

"더 자지 그랬어."

나는 엄마의 말에 시큰둥하게 대꾸하고는 안채로 가서, 바로 부엌의 전기 고타쓰 안으로 파고들었다. 따뜻한 가정, 따뜻한 엄마의 사랑, 지난 10년 동안, 나는 이 따뜻함 속에서 흐물흐물해지고, 그야말로 번영의 독에 푹 절은 젊은이로 성

장했다, 배가 잔뜩 불러 만족스러운 나.

엄마가 내 뒤를 쫓아와 말했다.

"가방 속에 속옷이 하나도 없더라. 어떻게 된 거니?"

엄마는 고타쓰 안에 엎드려 있는 나를 쳐다보며 웃었다.

"여자가 생긴 모양이구나."

이 고장에서 토건업을 하는 아버지가 뒷문에서 "후사, 후사" 하고 엄마 이름을 부르면서 들어왔다. 승마 바지 차림의 아버지는 엎드려 있는 나를 보고 언짢은 듯이 말했다. 애써 웃음 지으면서.

"언제 왔냐?"

"8시에 역에 도착했어."

나는 퉁명스럽게 대답했다.

"힘들었겠구나."

"전혀."

나는 그렇게 대답하고 일어났다. 근질근질했다.

"지정석에 앉아서 덜컹거리는 소리에 맞춰 열심히 노를 저었더니 바로 도착하던데 뭐."

아버지는 내 말투가 정말 이상하다는 듯이 크게 소리 내어 웃고는, 승마 바지의 불룩한 주머니에서 담배를 꺼내며 앉았다. 이곳은 나의 고향집이다. 아버지와 엄마와 나, 셋이 부엌의 고타쓰를 둘러싸고 앉았다.

"내일, 불 축제야."

아버지가 콧구멍으로 연기를 뿜어내며 말했다.

"이치로도 참가한다던데. 나중에 길 건너 새끼줄 가게에 가서 허리에 묶을 새끼줄을 얻어와라."

이치로는 아버지 아들의 이름이다. 아버지의 말을 들으면서 나는 몸이 화끈거리고, 감기에 걸렸을 때처럼 오한이 드는 것을 느껴, 고타쓰의 이불을 몸에 둘둘 감았다. 부엌방은 예전과 전혀 달랐다. 내가 어렸을 때 철사 끝으로 긁어 생채기가 났던 벽은 밝은 크림색으로 다시 칠했고, 콘크리트였던 바닥은 새로운 자재를 붙인 마루로 탈바꿈했고, 개수대도 스테인리스 싱크대로 바뀌었다. 나는 이불을 둘둘 감은 채, 내가 도쿄에서 내려와 기분이 좋은 어머니의 얼굴을 보고, 그리고 아버지의 얼굴을 보았다. 왜 어머니는 아들이 어쩌다 고향에 내려왔다고 저렇게 좋아하는 것일까? 머리에 아직도 날벌레 유충이 남아 있는지, 두 귀와 안구 속이 아팠다.

"배는 안 고프냐?"

나는 그렇게 물으면서 일어서는 어머니를 쳐다보았다. 살이 쪄서 늘어진 젖가슴과 배를 헐렁한 옷으로 가린 어머니를 보고 기묘한 느낌이 든다는 것을 깨달았다. 어머니는 무슨 생각을 하며 사는 것일까? 부엌에서 사기그릇이 부딪치는 소리가 난다, 그 소리가 왠지 모르게 신선해, 애틋했다.

2

나는 스물세 살이었다. 나는 내가 아닌 또래 남자들이 무슨 생각을 하고 뭘 하는지 모른다, 충분히 분별력 있는 어른도 아니고, 그렇다고 소년도 아닌 스물세 살, 남자가 가장 볼품 없는 나이다, 여자 맛도 모르고, 갑자기 고양되었다가 또 갑자기 쪼그라드는 정신, 절망이라는 말을 입에 달고 살면서 정작 말은 하지 않았던 열여덟 살 소년 때, 나는 도쿄 거리를 어슬렁거리며 하이미날과 드로란에 취해 지냈다. 자기 외면에만 정신이 팔렸지 내면에 뭐가 있는지는 들여다보려 하지 않았다. 나는 그 거리에서 만난, 같은 나이의 소년 소녀와 친구가 될 때마다, 이 고향의 풍경과 형이 목매달아 자살한 얘기를 자랑스럽게 들려주었다. 그런데 지금, 내 나이가 형이 죽었을 때와 거의 비슷해지고 말았다.

오후, 나는 온몸이 저릿저릿하고 넋이 나간 듯한 감정을 지닌 채, 토목 도구가 보관되어 있는 창고에 들어가, 새끼줄로 묶은 시멘트 부대가 있는 구석에서, 철분 냄새 나는 먼지와 공기를 뒤집어쓴 자전거를 꺼냈다. 고등학생 시절에 타고 다녔던 젊은이 취향의 사이클 자전거는, 그동안 아무도 사용하지 않았는지 사방에 녹이 슬고 안장의 스프링도 고장 나 있었다. 나는 정처 없이 달렸다, 가미쿠라 산꼭대기로 기우는 해가 나를 줄곧 따라오고 있었다. 타이어에 공기가 절반밖에 차 있지 않았지만, 길이 콘크리트로 포장되어 있어 별 상관은 없었다.

낮은 언덕은 깎여나가 흔적도 없었다. 옛날에 우리가 그 언덕에 올라서면, 바로 아래에 있는 구치소에서 낯익은 남자가 우리를 보고는 "담배 좀 던져줘봐" 하고 고함을 지르곤 했는데, 그 구치소는 지금 4층짜리 시청사와 이웃하고 있었다. 시속 2킬로미터 정도의 속도로 천천히 구치소 앞을 지나고, 목재 적치장에서 첫 번째 길을 오른쪽으로 돌아 역의 선로가 있는 길로 나갔다. 역에 기차는 없었고, 오늘 아침에 내가 플랫폼에 내렸을 때는 어물 장수와 이곳 고등학교에 다니는 학생들로 북적였는데 한 사람도 보이지 않았다. 멀리서, 아마도 구마노강 건너에 있는 펄프 공장에서, 요란한 사이렌 소리가 들렸다. 나는 사정을 끝낸 후의 달짝지근하고 나른한 감각을 떠올리고, 거기에 사로잡힌 채, 천천히 브레이크를 잡아 자전거를 기울여 세우고, 휘청휘청 균형을 잡으면서 침목에 오른쪽 다리를 걸쳤다. 나는 여전히 잠과 각성 사이에 있는 기분이었다. 바람이 불었다. 이 선로를 죽 따라가면 다른 도시가 나온다. 그리고 그 도시에서도 나와 비슷한 나이의 젊은이들이 마치 제 속도를 잃은 글라이더처럼 순간적인 치매 상태에 빠져, 이 길을 죽 따라가면 다른 고장이 나올 거라고 생각할 것이다. 나는 등과 녹슨 자전거에 비치는, 서쪽으로 기운 붉은 해를 느끼며 생각했다. 아무것도 없다. 언어가 풍경을 보고 있는 내 눈 뒤에서 샘솟았다. 감시탑 벽에 '안전제일'이라고 하얗게 쓰여 있다. 여러분, 잘 오셨어요. 사투리 없는 여자의 허스키한 목소리가 내 귀 안쪽에만 환청처럼 들렸다. 부드러운 현기증 같은 것에 사로잡힌 채 나는, 철분을 포함한 거뭇거뭇한 자갈돌의 감촉을 상상하고 두드러기가 생길 듯한 가려움을 느꼈다. 다시 자전거를 타고 거리를 달려볼까 싶어, 침목을 발로 차면서 균형을 잡고 자전거를 세우려다 실패했다. 일어서지 못한 채 자전거는 쓰러지고, 엉겁결에 내민 오른발이 침목이 아니라 거기 휘감긴 철조망을 디뎌, 철조망이 흔들리면서 오른발이 비켜나가 철사에 무릎을 찔리고 말았다. 한순간의 일이었다. 바지 자락에 피가 번졌다. 화물열차가 터널 쪽에서 천천히 달려와, 오른쪽 무릎을 누르며 웅크리고 있는 내 앞을 지나갔다. 덜컹덜컹 덜컹덜컹, 나는 화물열차를 보고 있었다.

"왜 그러고 있어?"

사냥모를 쓴 남자가 스쿠터를 타고 나타나 내 앞에 멈췄다.

"아이구, 많이 다쳤군."

"별거 아닙니다."

"피가 나는데."

남자는 스쿠터에서 내려 침목에 걸쳐져 있는 자전거를 일으켜 세우고, 내 옆에 쪼그려 앉아 피가 흐르는 내 바지를 들췄다.

"바지가 쩍 들러붙었잖아."

남자가 나를 쳐다보았다.

"집이 어디야? 내가 스쿠터로 태워다 주지."

"바로 저깁니다. 괜찮아요."

남자는 지혈을 하려는 건지, 내 허벅지를 두 손으로 꽉 잡았다.

"내 친구 중에 야쿠자에게 찔린 사람이 있었는데, 자전거타고 가다 뒤에서 찔렸어. 그 남자는 피를 철철 흘리면서 자전거를 타고 병원으로 달려갔지. 그런데 병원 현관 앞에서 목숨이 끊겼어. 나도 그 모습을 봤는데, 원래 키가 크고 덩치도 큰 사람이 피를 너무 많이 흘려서 그런지, 아주 절반으로 쪼그라들었더라고."

남자 손에 피가 묻었다.

"정말 별거 아닙니다."

남자의 친절을 뿌리치듯 벌떡 일어섰다. 화물열차는 벌써
지나갔다.

나는 남자가 말한, 뒤에서 찔린 남자처럼 피를 흘리며 자
전거를 몰아 강가에 있는 볼링장으로 가, 주차장 옆 수돗가
에서 바지에 묻은 피를 씻어냈다. 볼링을 하려고 했지만 돈
이 없고 지금까지 해본 적도 없어서 포기하고, 차체는 주홍
색에 좌석에는 호피 무늬 커버를 씌운 촌스런 자동차 옆에
자전거를 세워놓고, 유리창이 투명한 찻집에 들어갔다. 주크
박스에서 리듬앤드블루스가 흐르고 있었다. 나는 창문 바로
옆자리에 앉아 코카콜라를 주문했다.

"코카콜라?"

여자가 내게 되물었다. 나는 얼른 고개를 끄덕이고 여자
얼굴을 올려다보았다. 여자는 카운터 안쪽을 향해 큰 소리
로 외쳤다.

"코카콜라 하나."

유리창 밖으로 볼링장 입구와 언덕길 끝에 있는 구마노강
이 보였다. 나는 귀로 흘러드는 음악에 몸속 어딘가로 리듬

을 맞추려 애쓰면서 그 풍경을 바라보았다. 강물은 회색에 가까워 보인다. 이마에 수건을 두른 젊은 남자가 언덕길을 올라와 볼링장 옆길로 들어갔다. 저 남자는, 하고 나는 공사장 인부처럼 승마 바지를 입은 젊은 남자를 상상했다. 이제 옆길에 있는 어느 집 문을 열고, 간간이 게가 기어 다니는 봉당에 서서 마누라의 뒤집힌 뻘건 게다를 가지런히 놓고, 양말을 벗고 집 안에 들어가 갓 태어난 아들을 안고 어르고는 뒤늦은 점심을 먹는다. 어쩌면 그게 진짜 모습인지도 모른다, 하고 나는 생각했다, 대체 나는 뭘 했던 것일까?

볼링장 앞에 오토바이가 서고, 젊은 세 남자가 찻집 안으로 들어왔다. 세 남자의 얼굴을 보고 나는 놀라고 당황해서, 이마에 수건을 두른 남자가 걸어간 길 쪽으로 얼른 눈을 돌렸다. 당황할 것 없어, 어디에든 있는 일이야, 하고 나는 속으로 중얼거렸다.

"스트라이크가 어느 정도는 나와야 하는데."

"넌 왼쪽이 잘 들어간다고, 늘 왼쪽으로만 치잖아."

"공은 왼쪽으로 들어가는 법이라고."

"얼마 전에 오하마 녀석이 저기서 퍼펙트를 기록했어."

"퍼펙트?"

"거짓말일 게 뻔하지, 고로가 그랬잖아."

나는 큰 소리로 떠드는 젊은이들이 옆을 지나가기를 기다렸다가 테이블에 놓인 콜라를 벌컥벌컥 마시고, 어머니의 두 번째 남자, 즉 어머니에게 나를 잉태시킨 남자의 아들과 얼굴이 마주치지 않도록 얼른 일어나, 돈을 치르고 찻집에서 나왔다.

볼링장 앞 찻집에서 나와 자전거를 타고 번화가로 올라가는 언덕길을 달리려 할 때, 흙먼지가 일지 않게 물을 뿌린 콘크리트 도로의 햇빛이 반사되는 모퉁이로, 검은 새처럼 전속력으로 달려온 헬멧 쓴 남자가 내 자전거와 스치는 순간에 브레이크를 잡았다. 남자는 오토바이 엔진을 끄지 않은 채 뭐라고 외쳤다, 남자가 미쓰루라는 것을 알기까지 시간이 걸렸다. 미쓰루는 이를 드러내고 웃으면서 천천히 오토바이를 몰아 내게로 다가와서는 "어디 가는 길이야?" 하고 우렁찬 목소리로 묻고는, 내가 대답도 하기 전에 "야, 진짜 오랜만이다." 하고 말했다. "아키라 너, 도시 나가 살더니 좀 찌들었다. 여기서 좀 기다려, 급한 볼일이 있어서. 끝나고 바로 돌아올게."

미쓰루는 그렇게 말하고는 오토바이 소리를 부르릉 울리면서, 아까 내가 자전거를 타고 온 길을 서둘러 달려갔다. 자전거에 걸터앉아 오른발로 콘크리트 길을 디딘 채, 나는 그 저 졸린 것처럼 멍한 기분에 싸여 번화가로 이어지는 오르막 길 부근의 풍경 속 한 그루 낮은 상록수처럼 서 있었다, 발 가락 사이에 달달한 아픔이 있었다, 이 도시에 오면 천천히 진행되는 연극처럼 사람을 만나게 되는데, 나는 뜨거워지지 않는다. 10분 정도, 시간이 침처럼 흘러내리는 동안, 나는 햇 빛을 받으며 나른해져 몇 번이나 하품을 하면서 두서없이 말을 생각하고 있었다. 미쓰루가 오토바이를 타고 다시 나타 나 내가 보는 앞에서 공회전을 했다. 나는 미쓰루가 하는 말 (처음에는 까마귀 울음소리가 떠올랐다)을 따라, 최면술에 걸려 의지도 사고도 없어진 것처럼 중고 자전거를 언덕길의 바위에 기대어놓고, 미쓰루의 커다란 오토바이 뒷자리에 올 라탔다. 진동이 등뼈를 훑고 올라와 뒷머리가 찌릿찌릿해진 다. 오토바이가 달리기 시작했다.

뒤에서 두 손으로 미쓰루의 허리를 껴안고, 머리를 숙여 바람을 피하려 한다. 오토바이가 단박에 오르막길을 오르 자, 번화가 입구 언저리에 있는, 그을어 거뭇거뭇한 집과 가 게가 내 눈가를 스치고 뒤로 지나간다, 좋은 길이었다. 미쓰 루가 입은 점퍼 주머니에 달린 단추가 내 팔에 딱딱한 위화 감을 주고, 그걸 거부하려고 나는 미쓰루의 몸에 팔을 비벼대듯 하면서 옆으로 비켰다. 미쓰루는 내가 몸을 움직이자, 그걸 신호로 고래고래 소리를 질렀다. 귀를 스치는 바람과, 오토바이 엔진의 폭발음 때문에 뭐라고 하는지 모르는 채 나는 고개를 끄덕거렸다. 오른쪽으로 돌자 바로 현의 경계인 다리가 나왔다.

바람이 세졌다. 나는 미쓰루의 몸에 들러붙은 채, 산 너머로 기우는 저녁 햇살을 받으며 달리는 오토바이의 모습을 상상했다. 다리 건너편에 있는 우도노 제재소에서 잘게 자른 나무를 실은 초록색 대형 트럭이 나와, 다리 가운데 아스팔트가 벗겨져 생긴 구멍을 지나서는 차체를 흔들며 다가와 우리를 위협하며 지나갔다.

"씨팔!"

미쓰루가 외쳤다. 미쓰루의 배 근육이 내 팔 안에서 꿈틀거렸다. 오토바이는 공중으로 폴짝 튀어 오르듯 달렸다. 머플러에서 뿜어내는 배기가스 같은 바람을 일으키며, 쥐색 타르가 패어 여기저기 구멍이 생긴 길을 달렸다. 나는 이마에 들러붙은 머리칼이 이 고장에서 오토바이를 타고 달리기에 어울리지 않고, 쩨쩨하고 기개도 없다고 생각했다. 나는 고등학교를 졸업한 후에도 줄곧 여기에 살았으며, 미쓰루와는 지금까지 무슨 일이든 함께한 친구 사이인 마냥, 친근감을 품었다. 나는 지금 오토바이를 타고 분명히 달리고 있다. 나는 몸의 온기와 냄새도 같으며, 밥을 먹고 소화하고 배설하는, 나와 같은 나이인 미쓰루의 몸을 두 팔로 껴안고, 오토바이에서 떨어지지 않게 들러붙어 있다, 산과 물과 나무들과 도로로 구성된, 확실한 풍경이 있다, 달리면서 풍경이 달라진다. 미쓰루가 뭐라고 고함을 질렀다. 뭐라고 하는지 제대로 들리지 않았지만, 나는 대충 "재미없어" 하고 외쳤다.

점퍼가 바람을 품어, 나는 내 몸이 완전히 얼어붙은 것을 느꼈다. 대체 뭘 하려는 건지 스스로도 몰랐다. 오한이 엉덩이에서부터 등줄기를 타고 귓밥 뒤로 내달렸다, 나는 어깨를 움츠렸다.

넓은 국도로 들어서기 바로 전에 미쓰루가 오토바이를 세웠다. 오른쪽에 소나무 숲이 보였다.

미쓰루는 입을 다문 채 내게 오토바이에서 내리라고 손으로 신호를 보냈다. 그는 퍼석퍼석하게 흐트러진 머리칼을 손으로 쓸어 올리고, 어른스러운 말투로 웃으면서 물었다.

"도쿄에서 뭐 재미있는 일 있었냐?"

"재미있는 일? 그런 일이 있으면 누가 고생하겠어."

나는 도로 옆에 있는, 표면이 거칠고 각이 진 커다란 돌에 걸터앉았다.

"도쿄 인간들, 다 멍청해."

정말 그렇다, 나를 비롯해서 다들 멍청하다.

"좋은 여자는 있겠지?"

미쓰루가 담배를 입에 물었다.

미쓰루의 얼굴을 보며 나는 도쿄에서 만난 여자가 아니라 이 고장 찻집이나 음식점에서 일하는 여자의 얼굴을 떠올렸다. 립스틱 짙게 바른 입술. 이 고장에 있을 때 나는 여자 따위는 생각해서는 안 된다고 알고 있었다. 현실을 사는 여자의 알몸을 상상하는 것을 금기시했고, 그럴 수만 있다면 내 성기가 언제까지나 나팔꽃 몽우리처럼 있든지, 아니면 안전하고 무해하게 발기 불능한 상태로 있든지, 그 어느 쪽이었으면 했다. 왜 그렇게 생각했는지, 그 이유를 나는 전부 알고 있다. 나의 성숙을 감시하는 어머니와 누나의 눈, 내 몸속에 숨어 있는 그 혐오에 찬 눈은 위에서 쏟아져 나온 토사물처럼 끈끈하게, 이 고장에 돌아오면 언제나 여기 있다. 이 고장이 나를 짓누르고 뒤틀려 하는 것일까?

나는 저녁 햇살을 반사하면서 검고 매끄러운 피부를 지닌 과묵한 짐승처럼 서 있는 오토바이로 다가가, 엔진이 달린 짐승의 허리 부분을 손으로 쓰다듬어보았다. 머플러가 네 개 달려 있다. 이 검은 오토바이가 나를 스물세 살 젊은이답게 행동하는 사람으로 만들어준다, 하고 생각했다. 자잘한 돌이 끼어 있는 타이어 트레드, 네 개나 더 달려 있는 미러. 포 사이클, 포 머플러. 나는 대체 뭘 하러 이곳에 왔을까?

"도쿄라."

나는 한숨을 쉬는 투로 말했다.

"죽은 인간들밖에 없어, 거기에는."

"죽은 인간들밖에 없다고? 너도 죽었던 거야?"

미쓰루는 그렇게 말하고는 심각한 표정으로 내 얼굴을 쳐다보았다.

"자식, 못 알아들을 말만 하는구나. 너 고등학교 졸업하고 도쿄에 있는 대학 갔잖아."

이번에는 조소하듯 말했다. 그는 이미 데이보초에 사는 나쓰오와 가스가초에 사는 요시히로와 어울려 놀러 다니던 미쓰루가 아니었다. 그는 예전보다 좀 더 배려심과 진지함이 있었다.

"나, 줄타기의 달인이야. 떨어지지 않게 균형을 잘 잡으면서 매일매일 어슬렁어슬렁 지내고 있지. 거의 부랑자인 셈이야. 뭐든 할 수 있지만 살아 있는 건지 죽은 건지 모르게, 그저 하루하루를 보내고 있어."

나는 도쿄 말과 고향 사투리를 섞어 자조적으로, 마치 재즈 빌리지를 찾아와 신기해하는 학생에게 말하듯 미쓰루에게 대답했다. 정말 그랬다, 어제까지 나는 도쿄에서 그렇게, 아무것도 하지 않으면서 매일같이 무위도식했다. 지친 날이면 저녁이 되도록 잠을 잤고, 해가 져서 갑자기 서늘해질 즈음에야 배가 고파 눈을 뜨고 거리로 나갔다. 저녁때 회사원들로 넘쳐나는 역 앞길을 걸으며, 나는 성적 충동처럼 몸속에서 끓어오르는 굶주림, 먹기만 해서는 도저히 해소되지 않는 굶주림을 느끼고는 그때야 생각났다는 듯이 일했다. 하지만 그것은 노동이 아니었다. 떡이 되도록 약을 먹어도, 그것은 절대 파괴가 아니었다. 나는 정말 자신이 죽었는지, 아니면 살아 있는지 알 수 없었다.

"재즈가 듣고 싶군."

나는 말했다.

"재즈? 무슨 재즈?"

바람이 차가웠다. 오토바이 뒷자리에 올라타, 나는 침묵한 채 그저 몸속에서 솟구치는 선율을 좇았다. 오토바이는 어둡게 저물어가는 국도를 달리고 있다. 오른쪽으로 계속 이어지는 소나무 방풍림의 잔가지가 그 너머 바다에서 불어오는 바람에 흔들린다.

발판에 놓인 발도, 미쓰루의 몸을 휘감은 팔도, 잠에 빠져

들기 전처럼 나른해서 내 몸의 일부 같지 않았다. 뒤에서 달려온 승용차가 오토바이를 앞질러 갔다. 미쓰루가 또 뭐라고 고함을 질렀다. 마리화나를 가져올 걸 그랬다. 무정부주의자였다가 지금은 그저 부랑자처럼 사는 마리화나 밀매인 준에게 한 대에 천 엔을 주고 사기 위해, 나는 눈 내리는 날 시부야의 모던재즈 카페에 갔다가 돌아오는 길에 이케부쿠로 역의 얼어붙은 플랫폼에서 미끄러져 왼발을 삐고 말았다. 그때 나는 약간 부르주아였다. 고향에서 어머니가 내가 대학에 열심히 다니는 줄 알고 다달이 보내주는 2만 엔과, 한 달 동안 자동차 공장에서 기간제로 일해서 받은 5만 엔과, 같이 노는 친구와 바리케이드로 봉쇄된 학교 도서관에서 들고 나온 레닌 전집 12권을, ○○ 대학 도서관이라는 도장이 찍힌 채로 다른 학생에게 팔아넘겨 생긴 돈을 나눈 3000엔, 합해서 7만 3000엔이 있었다.

내가 준에게 마리화나를 샀다고 하자 배우는 화를 냈다. 나도 덩달아 화를 내는 바람에 배우와 사이가 뒤틀어져, 신예 평론가 두 사람과, 파괴된 문장을 구사하는 언어장애 같은 작품을 쓰는 시인, 그리고 배우와, 무슨 생각을 하는지 전혀 알 수 없는 배우의 그녀인 호스티스, 그렇게 여섯 명이서 마리화나 파티를 하려고 했던 계획은 무산되고 말았다. 일이 그렇게 되기 전에 배우는, 만약 분위기가 이상하게 돌아가면 그녀를 네 명에게 제공해도 좋다고 말했다. 시인이 혹시 호모섹슈얼인가? 하고 내가 묻자, 배우는 나를 바보 취급하듯 웃으면서, 만약 그렇다면 내가 엉덩이를 빌려주지, 하고 말했다. 나의 그녀는 자네가 혹시 호모 아니냐고 하던데, 하고 내가 말하자 배우는 비명 같은 소리를 내며 자지러지게 웃었다.

"어디로 갈 건데?"

내가 그의 귀에 입을 대고 묻자, 미쓰루는 목구멍 속에서 거친 숨을 토해내며 대답했다.

"기분 내키는 대로 가면 되지, 어디든."

어두운 도로를 덮친 소나무 방풍림의 거뭇거뭇한 가지와, 왼쪽 지면에서 튀어나와 어둡고 탁한 하늘을 직사각형으로 가르는 바위투성이 산이 있다. 바위산은 저 안쪽으로 한없이 이어진다. 산속 깊은 곳에는 머리를 풀어헤치고, 입이 세 개나 되는 여자와, 나그네가 지나갈 때마다 나무 잎사귀 뒤에서 나뭇가지 끝을 희미하게 흔들며 목덜미와 귓밥으로 떨어지는 산거머리가 서식하고 있다. 그곳은 한번 들어가면 육체와 정신을 완전히 소모할 만큼 미로다.

"기분 내키는 대로 간다. 나는 늘 그래."

미쓰루가 고개를 돌리고 말했다.

3

그해, 형이 죽었다. 아니, 이 세계에 불안을 흩뿌리고 어머니를 허구한 날 울게 했던 사악한 정신이, 어렸을 때 누나 등에 업혀 입장권도 사지 않고 둔갑술을 쓰는 사람처럼 몰래 들어가 봤던 영화의 당연한 결말(나쁜 사람은 반드시 정의로운 사람에게 진다는)처럼, 자멸했다. 형은 알코올 의존증이었다. 형은 전파를 통해 지령이 떨어진다고 하면서 양아버지 집의 차가운 봉당에 쭈그리고 앉아, 누나와 어머니가 아무리 어르고 달래도 집에 들어가지 않았다.

나는, 지금도 그 이유를 모른다, 형이 왜 매일 술을 마셨는지, 왜 사악한 정신으로 변신하다 못해 스스로 소멸하고 말았는지. 형은 스물네 살이었다. 절대 그 나이보다 젊지 않고, 그 이상으로 나이를 먹지도 않았다. 가지가지마다 이파리가 무성하게 달린 은행나무처럼 썩는 일도 없고, 갈라져 풍화되는 길바닥의 돌멩이도 아닌, 나보다 열두 살이 많은 형은, 이 세계에 흐르는 시간과는 무관하게 언제나 스물네 살이었다. 제 손으로 가죽 밴드를 준비해 스스로 목을 묶고, 눈을 꼭 감고 자신의 궁핍한 마음이 움직임을 멈추면, 불쾌하고 화가 나는 이 세계가 완전히 사라지기라도 하는 것처럼, 어느 날 아침 돌연 죽었다.

　나는 지금 그때 형의 나이가 되어가고 있다. 나는 내 체험의 핵인, 나와 어머니에 의해 타도되고 소멸된 형의 이미지를 확실하게, 뜨끈한 내장이 들어찬 육체를 지닌, 살아 움직이는 인간으로 그릴 수 없다. 형의 목소리의 기억, 형의 얼굴 표정의 기억, 그것은 풀줄기 속에서 푸른 즙을 흘리는 기관처럼 애매하다. 내게는 아버지가 다른, 어머니 피만 이어받은 열두 살 정도 나이가 많은 형이 분명히 있었고, 그는 어느 날 아침 목을 졸라 죽었을 것이다. 형의 기억이 희미하다, 형이 스스로 목을 졸라 죽었다는 사실의 하얗게 보풀이 인 표피만, 아무리 생각해도 풀리지 않는 수학 명제처럼 내 마음속에 불쑥 떠오른다.

　짜증 나는 아침이다. 내 공부방의 멀건 쥐색 벽에 아프리카의 초원을 달리는 한 마리 코뿔소 모양의 얼룩이 묻어 있다, 나른했다. 어린 시절, 맑게 개었지만 추웠던 운동회 날 같은 아침이다. 한기 때문에 러닝셔츠 밖으로 튀어나온 두 팔에 소름이 돋아, 피부에 벌겋게 부푼 주삿바늘 자국 같은 두드러기가 생겼다. 나는 마냥 앉아 있었다. 나의 이 몸, 나의 육체, 숨을 쉴 때마다 복부가 천천히 부풀어 오른다. 10년 전에 형이 그랬던 것처럼, 나는 러닝셔츠와 팬티 바람으로, 차가운 이불 위에 앉아 가죽 벨트를 목에 빙빙 감고, 목줄에 묶인 개 같은 꼴을 하고 두 손으로 가죽 벨트 끝을 잡아당긴다. 나는 형처럼, 눈에 보이지 않는 저편에서 오는 전파를 통해 지령을 들으려 한다. 세게 잡아당기자 숨이 막히고 목구멍이 간질려 컥컥거린다. 오른쪽 귀에서는 정말 죽을 작정인가? 하는 목소리가 들리고, 다른 쪽에서는, 죽어, 죽어봐, 하고 나를 부추긴다.

피부가 가렵다. 목덜미와 겨드랑이에 두드러기가 빨갛게 돋아나 구멍이란 모든 구멍, 털구멍이란 모든 털구멍을 통해 내 몸 안쪽으로 파고들어, 먹은 것을 소화하고 흡수하는 밝은 살구색 내장을 부풀게 한다. 나는 알레르기 체질이다. 맨살에 차가운 바람이 닿으면, 바로 반응해서 가려워진다. 가죽 벨트의 금속 버클이 조르고 있는 목구멍 언저리가 아프고 가렵고 간질간질하다. 목에 감은 가죽 벨트 끝을 두 손으로 비비며 잡아당겨보았다. 어렸을 때 나는 산에 놀러 갈 때면, 잘못해서 옻나무를 만지는 바람에 팔에 우둘투둘 두드러기가 났다. 가려워 견딜 수가 없어, 울고 싶은 심정에 흙과 삼나무 수액이 엉겨붙은 손톱으로 벅벅 긁었다. 오줌을 지릴 듯한 가려움이 온몸에서 귓밥까지 퍼져, 마치 온몸에 피부병이 퍼져 털이 다 빠진 개처럼, 눈물을 흘리며 팔을 쥐어뜯을 듯 벅벅 긁어댔다.

　나는 가죽 벨트를 목에 감은 채, 숨 쉬기 어려운 상황을 견디고 있었다. 정말 악질적인 조크다. 죽자는 생각은 한 번도 한 적이 없는데 이런 짓을 하고 있다. 정신 나간 놈. 나는 죽어버린 형의, 나를 향해 말하는 목소리와 몸을 상상하고, 그리고 그와 같은 나이가 되어가는 나 자신의 얼굴과 몸을 눈앞에 떠올렸다. 나는 지금 이 나이가 되도록, 한 젊은 인간이 스스로 목을 졸라 죽을 만한 이유를, 어디에서 어떻게 찾으면 알 수 있는지, 전혀 몰랐다. 아니, 사실은 생각해보지도 않았다.

　형은 1959년 3월 3일에 자살했다. 평론가라면 형의 죽음을 당시의 정치적 광분 상태와 관련지어 그럴싸하게 말했을지도 모른다. 만약 그래서 모든 문제가 풀린다면, 나는 형이 죽었을 때의 나이가 되어가는 내 몸의 나이에 대해 필요 이상 초조함을 느끼거나, 죄책감을 품거나, 지금 이 몸이 성숙한 어른이라는 사실에서 비롯되는 불쾌함을 느낄 필요가 없다. 어머니가 만든 이불 속의 따스한 공기와, 창문으로 들어오는 빛에 드러나 하얗게 타오르는, 니스가 벗겨진 책상을 혐오할 필요도 없다.

　형은, 1955년에서 1960년에 이르는 사회의 움직임, 정치의 파란 속에서 죽은 여학생이나 시인과는 달리, 완전히 고립되어 아주 개인적으로, 내가 도쿄에서 야간열차를 타고 열두 시간 걸려 겨우 도착한 이 고장에서, 비참한 꼴을 하고 스스로를 죽였다. 그렇다, 타인들이 욕정과 소문과 안구眼球로 만들어낸 환상 같은 사회와 정치가 죽인 것이 아니다, 그에게 가장 가까운 존재인 나와 내 어머니가 죽였다.

모계 일족에서 시작되는, 누나들이 얘기해준 혼돈스러운 신화시대, 부대 자루를 들고 돌아다니며 쇳조각을 주워 모아 팔아서 자신들의 용돈을 벌었던 패전 후의 시대, 마치 폴리네시아인들이 구로시오 해류를 타고 일본의 이곳으로 불쑥 흘러든 것처럼, 천장은 그을었고, 우물에서 퍼온 물이 담긴 항아리가 여기저기 놓인 봉당, 그런 집에서 우리는 어머니를 중심으로 살았다. 어머니와 누나들은 불타버린 남의 집 자리에 보리를 심고 감자를 키웠다, 그 옛집은 사방에서 빗물이 샜다.

나는 그 시절의 기억을 거의 잊었다. 커다란 도랑의 진흙 구덩이에서 메탄가스가 부글부글 현기증처럼 떠오르고, 나무 열매가 소리 내며 갈라져 밖으로 튀고, 이웃집의 넝쿨 장미 몽우리는 딱딱하고, 바람에 흔들리는, 밤, 나는 누나가 사다 준 껌을 씹으며 잠이 들었다. 어느 틈엔가 입에서 흘러나온 껌이 머리칼에 들러붙고, 어머니는 껌이 들러붙은 머리를 가위로 자르면서 야단을 쳤고, 나는 새끼 원숭이처럼 울었다.

나는 아무것도 기억하지 못한다. 어머니는 형과 누나들의 아버지가 전쟁이 끝날 무렵 병을 앓아 죽자, 다른 남자와 붙어서 나를 낳았다. 어느 무더운 여름날 고무 슬리퍼를 질질 끌면서 길을 걸었다는 기억 외에는, 그저 나른한 감각만이 선명하게 남아 있다. 그 무렵 혼자서만 얼굴이 다른 나를 포함해 어머니를 중심으로 한 모계 일족은 그 옛집에서 가난하고 조촐하게 살았다. 그것은 어머니와 누나들의 입을 통해 전해 내려온 신화였다. 형은 닭을 키웠고, 소와 돼지도 남의 산에 멋대로 방목해 키웠다.

그리고 알이 수정해서 세포가 둘로 갈라지고, 씨앗이 땅에 떨어져 싹이 트듯, 내가 초등학교 2학년 때 어머니는 나만 데리고 토건 하청업자인 지금의 아버지와 살기 위해 이 집으로 이사 왔다. 1954년, 황금의 시대는 그때 끝났다. 제일 큰 누나는 나고야에 있는 카레라이스 가게로, 둘째 누나는 이웃 동네의 파친코 가게로, 셋째 누나는 오사카에 있는 세탁소로 일하러 떠나, 혼자 남은 형만 이 집에서 살았다. 형은 어머니와 어머니의 자식에게 버려진 천덕꾸러기였다.

그때도 형은 술에 취해 양아버지 집을 찾아왔다. 형은 양아버지 집의 돌계단을 올라, 쇠와 시멘트 냄새가 나는 토목 도구를 보관한 창고 옆을 지나, 창문으로 노란 불빛이 넘치는 부엌을 향했다. 집 안에서는 어머니와 아버지와 아버지의 아들과 내가 밥을 먹고 있었다. 말린 전갱이 구이, 채소 찜, 된장국 대신 아침저녁으로 늘 끓이는 차죽, 흰 쌀밥. 형은 결심을 굳힌 듯 말없이 창고로 들어가, 날이 큰 토목용 쇠도끼를 찾아 든 손을 뒤로 숨기고, 왼손으로 부엌 유리문을 획 열었다. 우리 넷을 본 형의 두 눈이 불타오르고, 두 팔과 두 다리가 분노로 떨리는 것을 알았다.

　"다 죽여버릴 거야!"

　형이 분노를 단숨에 토해내듯 외쳤다. 형의 목소리에 조건 반사하는 개처럼, 어머니와 아버지가 겁에 질려 형을 쳐다보았다. 쇠도끼를 들고 분노와 취기에 새파랗게 물든, 관자놀이에 힘을 꽉 주고 노려보는 형의, 단 하나뿐인 동생인 나는 그때, 도끼를 들고 우리를 죽이러 온 형이 무섭지 않았다, 양아버지 집을 무대로 우리 가족 넷과 형이 연기하는 불길한 연극이 또 시작된 듯한 기분에, 아버지와 그의 아들 앞에서, 술 취한 형이 찾아온 것을 오히려 부끄러워했다.

　"간페이, 왜 자꾸 이러니."

어머니가 일어나 형 옆으로 걸어가서 떨리는 목소리로 크게 말했다. 그 말을 뒤덮듯 형이 부뚜막에 있던 차죽 냄비를 도끼로 내려쳤다. 어머니는 두 눈을 부릅뜨고 형을 노려보았고, 끝내 울음을 터뜨렸다. 어머니는 부엌 다다미에 무릎을 꿇고 두 손으로 얼굴을 가리고 말했다.

"형이라는 애가 왜 자꾸 이러는 거야."

"시끄러워, 넷 다 한꺼번에 죽여버릴 거야! 야마무로도 아키라도."

형은 아버지와 내 이름을 말했다.

어머니는 얼굴을 들고 쇠도끼를 손에 든 채 부엌 봉당에 서 있는 눈썹 짙은 형의 얼굴을 보며 눈물 섞인 목소리로 말했다.

"간페이는 이 엄마가 그렇게 밉니? 우리가 여기서 잘 지내는 게 그렇게 화가 나?"

그러고는 갑자기 힘이 빠진 것처럼 목소리를 낮추고 멋대로 하라는 듯이 퉁명스럽게 말했다.

"자꾸 이러니까 남이 볼까 부끄럽구나. 그래, 그 도끼로 엄마를 죽이고 싶으면 죽여."

그러고는 다다미 위에 털퍼덕 주저앉았다. 끔찍한 대화가 오가는 어머니와 형의 기세에 기가 죽은 아버지는 전구의 불빛 속에서 그저 일이 어떻게 되어가는지 지켜볼 뿐이었고, 아버지의 아들은 겁에 질린 눈을 하고서 오른손에 젓가락을 쥔 채 식탁 앞에 앉아 있다. 나는 싫었다. 모든 게 싫었다, 불안했다. 형이 이 집에 찾아와 도끼를 휘두르는 바람에 늘 그렇듯 밤늦게 아버지와 어머니는 헤어지느니 마느니 말다툼을 하고, 나는 어떻게 해도 귀에 들리는 어머니 울음소리를 듣게 된다. 이불 속에서 나는 두 다리를 배에 꼭 붙인 새우 꼴로 귀를 막는다, 언제부터인가 어머니 울음소리를 따라 나까지 강아지처럼 낑낑거리며 눈물을 흘렸다.

"엄마가 잘 지내는 게 그렇게 화가 나?"

어머니가 형의 얼굴을 쏘아보면서 빠르게 말하자 형은 "시끄러워, 당신은 내 엄마가 아니지" 하고 고함을 지르고는 도끼를 쳐들고 부엌의 물 항아리를 내리쳤다.

"이런 집은 다 때려 부숴야 해!"

형의 알코올 의존증 증상은 자살하기 석 달쯤 전부터 시작되었다. 형은 옛날에 우리가 같이 살았던 커다란 도랑 옆 그 집을 고스란히 자신의 몸 냄새와 닭똥과 모이로 주는 무청 냄새가 밴 닭장으로 만들고 말았다. 나는 형의 집에 갈 때마다 그 기묘한 생물, 새이면서 하늘을 날지 못해 누런 두 다리로 돌아다니는, 내가 집에 들어가면 소리를 내며 무수한 눈으로 일제히 쳐다보는 닭들이 불쾌했다. 어머니는 골치 아픈 형을 정신병원에 집어넣을 것이냐 말 것이냐를 놓고 아버지와 의논했다, 나는 하루 빨리 처넣으라고 생각했다.

형은, 추운 아침, 맨 몸에 걸친 점퍼 앞자락을 펼치고는, 점퍼 안주머니에 소형 무전기가 달려 있는 것처럼 "넵", "그렇습니까" 하고 혼자 중얼거렸다, 머리칼은 푸석푸석했다, 깡마른 가슴에 조그만 알갱이 같은 젖꼭지가 붙어 있고, 긴 털이 한 오라기 나 있었다. 형은 얼굴을 들고 나를 쳐다보고, 그러다 쳐다본다는 행위에 갑자기 싫증이 나서 얼굴을 숙이고는 또 교신에 몰두한다, 추운 계절이었다. 나는 미쳐버린 형을 피와 물이 찬 고깃덩어리처럼 여겼고, 혼자 중얼거리는 형의 얼굴과 몸을 보기만 해도 혀가 얼얼해지면서 입안에 시큼한 침이 고이는 느낌이 들었다. 썩어서 비릿한 고깃덩어리, 정신병자, 나는 형을 증오했다.

1959년 3월의 아침, 누나의 남편이 숨을 헐떡거리며 뛰어와 형이 목매달아 죽었다는 소식을 전했을 때, 나는 학교에 지각할까 봐 걱정하면서 혼자서 늦은 아침을 부랴부랴 먹고 있었다, 유리창으로 들어오는 눈부신 햇살이 내 얼굴에 비치고 있었다. 어머니와 누나가 부둥켜안고 우는 모습을 보면서, 나는 어른들이 왜 우는지 이해할 수 없었다, 살아 있던 인간이 불쑥 죽는다는 것은 이해할 수 없었지만, 골치 아픈 형이 이제 난동을 부리러 오지 않는다는 것은 알 수 있었다. 이제 모든 게 잘될 거라고 안도하자, 부드럽게 이완된 감정이 몸속에 퍼지는 것을 느꼈다.

왜 너는 그때 안도의 감정을 품었던가? 왜 너는 그때, 검은 땅을 밀어 올리며 고개를 쳐드는 잡초의 싹처럼 부드럽고 따스하고 행복한 감정에 휩싸였던가? 나는 자문한다, 여전히 개처럼 자신의 목에 감은 넓은 가죽 벨트를 두 손으로 잡아당기고 있다. 고통스럽다, 눈가에 눈물이 맺힌다. 왜일까? 기억 속의 그때와 똑같이, 아침 햇살이 안채의 양철 처마에 반사되어 공부방 안에 있는 나의 눈을 찌른다. 욕지기 같은 아침, 내 몸의 피부에 생긴 빨간 두드러기 같은 아침, 불 축제는 남자들의 축제, 불 축제는 이 고장 남자들이 몸에 붙은 액운을 떨어내기 위해 해마다 여는 축제다, 불 축제의 아침이다.

살아남은 자는 모두 배신했다. 어렸을 때 나는 모처럼 화목하게 사는 이 집에서 아버지와 어머니와 아버지의 아들과 나, 넷의 생활을 누구도 깨뜨리지 않기를 바랐다. 그리고 도끼와 부엌칼을 휘둘러 우리 넷을 정말 참살하지도 못할 주

제에 "죽이겠다"며 난동을 부리는 형을 증오했다. 정말 그랬
다, 열두 살 때의 거짓 없는 내 감정이다.

    짜증 나는 아침이다. 나는 자신의 목에 가죽 벨트를 뱀처
럼 빙빙 감은 꼴로, 몸 안의 혈액에 알코올이 들어 있기라도
한 듯 나른한 채로 천천히 일어섰다. 우습다. 가슴을 뒤로 젖
히고 발을 가지런히 모아 부동의 자세를 취하자, 그 바람에
목에 감긴 가죽 벨트가 움직였다. 마치 나는 사디스트와 마
조히스트 양쪽을 한 몸으로 동시에 연기하며 자위하는 것
같다고 생각하고, 얼굴로만 피식 웃었다. 이 모든 게 거짓이
다, 전부 버릇이 되고 만 거짓에 찬 연기다, 미치광이 같은
발상이다. 가죽 벨트를 조심스레 풀었다. 고통스러운 나머지
눈물이 고였던 눈이 아팠다.

    나는 공부방에서, 몸을 똑바로 펴고, 러닝셔츠와 팬티 바
람인 탓에 겨드랑이와 목에 가죽 벨트 자국이 뻘건 두드러
기로 둥그렇게 남은 피부를 두 손으로 긁으면서, 자신의 몸
을 피와 살과 피부로 조성된 부정형의 인간답지 않은 물체에
서, 만 스물세 살의 육체를 지닌 인간으로 소생시켰다. 차가
운 공기와 가루 같은 먼지 냄새가 나는 아침 햇살을 온몸으
로 느꼈다.

오늘도 구역질이 날 만큼 건강한 이 고장의 아침이 시작되었다.

4

러닝셔츠와 팬티 바람으로 추위를 견디면서 아침을 먹고 있는데, 미쓰루와 니시카와가 오토바이를 타고 집 앞에 나타나더니 부연 유리창 밖에서 나를 불렀다. 나는 충분히 먹지는 못했지만 부드럽게 녹은 내용물이 위에 차 있어, 거품이 일도록 끓인 우유와 식빵을 포기했다. 아키라~ 하고 부르는 미쓰루의 거친 목소리가 들렸다. 바로 나갈게, 하고 소리 지르고는 부엌에 있는 청바지와 점퍼를 집어 들었다.

"우유는 안 마실 거니?"

부엌에 있던 어머니가, 미쓰루와 니시카와가 타고 온 오토바이의 엔진 소리에 쫓기듯 허둥지둥 옷을 입는 나를 나무라는 목소리로 말했다.

"오늘은 특별한 날이니까 너무 싸돌아다니지 말고 빨리 돌아와. 불 축제에 가야지."

"어, 알고 있어."

"아버지도 오늘은 일을 빨리 끝내고 돌아온다고 했어. 인부들이 마실 술도 준비해야 하고."

"알아, 안다고 했잖아. 오늘의 주인공은 나라는 말이잖아."

"당연하지. 엄마가 돈을 보냈는데도 잘 받았다는 편지 한 통 안 보내면서, 쓸데없이 여자들이랑 멍청한 짓이나 하고 돌아다니는 너 같은 아들이라도, 내 자식이야. 뭐 때문에 그렇게 오라고 오라고 몇 번이나 전화를 걸었겠니?"

어머니는 나의 말투에 화를 내면서 말하고는 수도꼭지를 비틀어 꽉 잠그고, 살이 쪄서 짧아 보이는 손을 앞치마에 닦고 새삼스럽게 내 얼굴을 쳐다보았다.

"잘 쓰지도 못하는 편지를 꾸역꾸역 써서 보내고, 전화를 걸어서까지 너를 오라고 한 건, 엄마가 너를 불 축제에 세우고 싶어서였어. 형처럼 되지 않게, 너한테 붙은 액운을 전부 떨어내고 싶어서였다고, 너를 어엿한 남자로 만들어주려고."

갑자기 감정이 북받치는지, 어머니는 나를 향해 줄줄이 열변을 토했다. 나는 자식들을 아끼고 넘치는 사랑을 쏟고 있다, 너도 너의 죽은 형 간페이도 도통 그걸 모르니, 혼 좀 나 볼래, 몽둥이로 다리 뼈 하나쯤 분질러줄까! 나를 배신하고 자살을 하다니, 내가 너희들 때문에 얼마나 고생했는지도 모르고! 어머니가 늘 하는 말이다. 어머니의 감정은 말을 뱉을 때마다 과열되어, 처음에는 별것 아닌 일로 시작된 대화가 끝에는 어머니가 품고 있는 진정한 애정을 모르는 어머니의 자식들을 비난하는 말로 변한다. 오늘도 심상치가 않다.

　밖으로 나갔다. 눈이 부셨다. 그들은 내 모습을 보고는 오토바이 엔진을 두세 번 요란스럽게 공회전해 보였다. 하늘이 높고 파랗게 개었다. 빛이 들지 않는 집 안에 있었던 탓인지 나는 눈 속에서 정수리를 향해 기어오르는 현기증을 느끼고, 집 앞 돌계단에 서 있었다.

　"살이 좀 빠진 것 같은데."

　니시카와가 말했다.

　"아닌데."

　나는 고개를 젓는다.

　"왜 다들 그렇게 말하지."

　논을 매립해 조성한 광장에 빼곡하게 자란 억새와 산딸기 넝쿨에서 밤새 내린 이슬이 반짝거렸다. 어디로 가는지도 모르는 채, 미국 국기와 도발적인 핀업 사진을 덕지덕지 붙인 니시카와의 오토바이 뒷자리에 올라탔다. 오토바이는 고등학교로 이어지는 아스팔트 도로를 달렸다. 나의 현실, 하고 불쑥 말이 튀어나온다. 차가운 바람이 닿으면 피부가 외부에 적응하지 못하고 우둘투둘 두드러기가 생기는 것도 그렇다. 만 스물세 살이 되어, 어머니 말처럼 액운을 떨어내야 하는 나이가 된 것도 나의 현실이다. 도쿄의 인간도, 이 고장 인간도 아닌, 어중간한 상태에 있는 것도 나의 현실이다.

"도쿄, 살기 재밌냐?"

니시카와가 고개를 돌리고 물었다.

"그럼, 재밌지."

다들 똑같은 걸 묻는다고 생각하면서, 나는 니시카와에게 말했다.

"도쿄에는 뭐든 다 있어."

오토바이가 달렸다. 우둘투둘한 표면이 빛나 보이는 아스팔트 도로가 눈부셨다. 부드러운 털이 돋은 도로, 오른편으로 말라비틀어진 노인의 팔처럼 울룩불룩하고 볼품없는 나무가 보였다가 단박에 뒤로 지나간다. 오토바이는 표범처럼 달린다, 오토바이는 퓨마처럼 유연하게 몸을 움직여 바람을 가르며 달린다, 나는 머릿속으로 아이러니하다고 생각했다. 구역질 같은 아침, 축제의 날에 어울리게 높고 화창하게 갠 하늘, 관자놀이에 힘을 너무 준 나머지 턱뼈가 부러지지 않을까 싶을 정도로 추운 하늘 아래, 세 젊은이는 멋지고 빠르게 달리고 있다. 니시카와의 몸에 딱 들러붙은 나는 불쾌하고 우습다. 비릿한 정액 냄새와 개 냄새와 불결한 음낭과 항문 냄새를 풍기는 보통 젊은이처럼, 달리는 오토바이 뒷자리에 타고 있다. 이지 라이더라고? 그런 얍삽한 말은 똥이다, 오토바이가 바위투성이 절벽에 부딪치면 좋을 텐데, 멋지게 폼잡으려는 놈은 소의 야들야들한 밥주머니를 눈과 비강과 구강에 쓸어 담고 질식사하면 좋을 텐데. 나는 니시카와의 배를 껴안고, 향수 냄새를 풍풍 풍기는 니시카와를 뒤에서 계간하듯 그의 엉덩이와 등에 몸을 딱 붙인 채, 거의 살의에 가까운 감정을 품고 있었다. 나는 아무것도 하고 싶지 않다, 나는 치통과 여자가 다달이 자궁에서 흐르는 핏덩이를 질을 통해 배출할 때 느끼는 불쾌함을 완화하는 약을 먹고, 휘청 휘청 방에 홀로 있다, 끓어오르는 구역질을 뜨끈한 눈물의 막이 낀 안구로 견디는 것이 어울린다, 아무것도 없다.

"어디 가는데?"

"바다로."

"거기 가서 뭐 하려고. 어디로 가든 아무것도 없는데."

아주 나쁜 감정이, 나의 검은 때가 낀 발가락 끝에서 길게 자란 머리칼 끝까지 파먹고 있었다. 나는 뭐 때문에 축제 날 아침, 취미도 생각하는 것도 전혀 다른 니시카와와 미쓰루와 함께 오토바이를 타고 있는 것일까, 뭐 때문에 나는 이런 시골에 찾아온 것일까? 도쿄에 있을 때, 어머니와 누나에게 전화가 걸려왔다. 누나는 완전히 기운을 되찾았다고 했다.

"이제 다 나았어. 꿈도 꾸지 않고."

"다행이군, 언제까지 바보 같은 생각을 하고 있을 수는 없잖아. 아이도 셋이나 있는데."

나는 그렇게 말했다.

"매일 엄마랑 슈퍼마켓에 장을 보러 가. 동네 사람들은 우리더러 자매 같다고 해."

누나는 낭랑한 목소리로 말하고는 웃었다. 누나가 시집간 집에서 남매가 싸워, 여동생의 남편이 큰 처남을 칼로 찔러 죽이는 사건이 있었다. 누나는 마음고생으로 감기에 걸린 채 드러누웠고, 의사에게 결핵이 재발했다는 진단을 받았다. 누나는 심한 노이로제 상태가 되었다. 누나는 건널목에 기차가 지나갈 때마다 뛰어들어 죽으려고 했다. 나는 어머니가 눈물로 써 보낸 편지를 보고 그 사실을 알았다. 형이 죽은 지 10년이 되는 해에 형의 저주가 나타난 것 같았다. 그렇게 해서 나도 죽였던 것이다. 나는 누나의 얼굴을 떠올리고, 잡초가 뿌리 내려 가슴을 짓누르는 갑갑함을 견뎌냈다.

"내리자."

국도 옆에 있는 술집 앞에서 니시카와가 그렇게 말하면서 오토바이를 세웠다. 기차 소리가 들렸다. 이제 바람이 닿지 않아 귓밥과 볼이 갑자기 화끈거렸다. 나와 니시카와와 미쓰루, 셋은 코카콜라 간판에 '아나코anarcho'라고 쓰여 있는 술집에 들어갔다. 환한 밖에서 들어가자 '아나코' 안은 어두웠다. 음악은 흐르지 않았다. 입구에 있는 우산꽂이 옆에 앉아 있던 서른 살 정도의 남자와 노란 옷을 대충 걸쳐 입은 배불뚝이 여자가 우리 셋을 기묘한 이방인이 찾아왔다는 듯이 올려다보더니, 남자는 이내 스포츠 신문으로 눈길을 떨구고 여자는 남자의 뻘건 목덜미 언저리를 빤히 쳐다보았다.

"뭐 드실래요?"

머리가 길고 다리가 투실투실한 여자가 다가와 니시카와를 보면서 퉁명스럽게 물었다. 니시카와는 여자의 말에 얼굴을 찡그리고는 쑥스러운 듯이 미쓰루를 보았다.

"뜨거운 커피."

내가 주문했다.

"너는 그렇게 약속을 했으면서 어제 그 가게에 안 왔더라."

미쓰루가 내 목소리를 뒤덮듯 불쑥, 뜨겁고 눅눅한 목소리로 여자에게 말했다.

"난 약속 시간에 정확하게 가 있었어. 돈 가지고. 20만 엔으로 딱 맞춰서 말이야."

"난 미쓰루 싫어, 싫다고."

니시카와에게로 얼굴을 돌리고 있던 여자가 미쓰루를 쳐다보고는, 동그랗게 뜬 눈에 눈물을 글썽였다. 그 눈물이 볼 위로 주르륵 흘렀다.

"이런 멍청이."

미쓰루는 그렇게 말하고 일어나려다 테이블과 의자 사이가 너무 좁았는지 엉덩방아를 찧고 말았다. 나는 상황이 파악되지 않았다.

미쓰루는 으윽, 하는 소리를 내더니, 목구멍 언저리에 걸려 있는 목소리를 천천히 뱉어내듯이 크게 숨을 쉬고 여자를 노려보았다. 어제 미쓰루는 볼링장 옆에 있는 가게에서 여자를 만나기로 했다. 나는 여자와 미쓰루 사이에 오가는 대화를 들으면서 둘의 관계를 추리했다. 미쓰루는 일하는 곳의 계산대나 어딘가에서 현금 20만 엔을 꺼내왔다. 여자와 도망칠 생각이었다. 이 고장을 버리고, 이 고장에서 생긴 온갖 관계에서 해방되어 다른 고장으로 떠나려 했다. 그런데 왜 여자는 미쓰루가 기다리는 장소에 나타나지 않았던 것일까?

"넌 나를 배신했어."

미쓰루가 낮은 목소리로 말했다.

"난 미쓰루를 배신하지 않았어."

여자가 손등으로 눈물을 닦는다. 눈앞에서 눈물을 닦으며 미쓰루와 맞서고 있는, 기가 드세 보이는 여자에 대해, 여러 가지를 알아보려고 재빨리 그녀를 쳐다보았다. 나는 미쓰루와 거의 비슷한 체격, 즉 근육과 지방이 붙은 육체, 체취를 지니고, 지금 눈앞에서 가슴을 들먹이며 눈물을 흘리는 여자를 열어 파열시킬 수 있을 만큼 성숙한 성기를 갖고 있지 않은, 그저 눈과 두 귀밖에 없는 존재가 된 것처럼, 지금, 어색한 느낌의 성적 냄새를 흩뿌리며 구체적으로 벌어지고 있는 연극을 보고 있었다.

"다른 남자가 생긴 거야, 어? 나 말고 다리 벌린 놈이 생긴 거냐고?"

"어떻게 그런 말을 할 수 있어?"

"왜 안 왔어, 왜 나를 배신한 거냐고?"

여자는 눈물을 흘리며 침묵했다. 스포츠 신문을 읽고 있던 남자와 임신한 여자가, 누가 무슨 소리라도 내면 당장에 깨져버릴 조그맣고 불안정한 침묵에 빠져 있는 우리를 쳐다보았다. '아나코'의 카운터 안에 있는 중년 여자는 소리 내기가 겁나는지 커피포트를 천천히 카운터에 내려놓는다. 밖에서는 밝은 국도를 달리는 자동차 소리가 들린다.

축제 날이다. 그래서 나는 이 도시를 찾았다. 뭘 하려고? 나는 드러누운 채, 귓구멍 안에 혀를 들이밀고 간질이는 파도 소리를 느끼고 있었다. 잠이 오는 걸까? 두 눈을 살며시 감자 내 눈구멍에 하얗게 타오르는 어둠이 생겼다. 온몸을 빛에 드러낸 나는, 마치 해변으로 밀려 올라온 익사체 같았다. 분신자살을 기도한 남자처럼 내 몸에서 하얀 불길이 솟아오른다. 나는 추위에 저항하기 위해 옷을 걸치고 있는데, 완전히 알몸이다, 모든 것이 드러나 있다. 스물세 살, 자살한 사람과 별반 다르지 않은 나이, 그로부터 10년, 시체 냄새를 맡고 날아다니는 파리처럼, 지금까지 살아왔다. 자연이여, 나는 누군가가 노래한 시의 한 구절을 떠올리고 흥분한 감정으로, 여기에 만약 칼끝이 번쩍번쩍 빛나는 예리한 나이프가 있다면, 나는 지금 두 눈을 파내고 심장을 찔러 피를 철철 흘리리라고 히스테릭하게 생각했다.

세상은 불쾌하다, 바다는 불쾌하다, 이 도시의 자연은 불쾌하다. 나는 일어났다. 미쓰루와 니시카와는 바다 위로 떠오른 태양의 마른 빛에 싸인 채 모래사장에 앉아 있다. 검고 차가운 그림자가 그들 뒤로 늘어졌다. 아아, 베이비, 그대로도 다 좋아, 그러니까 뜨겁게 키스해줘. 나는 허스키한 목소리로 한껏 감정을 넣어 부르는 여가수의 노래를 생각했다.

마치 자신의 성기 냄새를 맡고 있는 개처럼 웅크리고 앉아 있는 미쓰루를 위로할 말을 찾았지만 생각나지 않았다. 그 여자와 오토바이를 타고, 겨우 20만 엔을 지니고 고리타분한 줄거리의 소설처럼 이 도시에서 탈출하려 했다고? 그래서 어디로 갈 건데? 도쿄인가? 죽은 사람들의 도시, 사람들을 거짓된 평온함에 처박는 그 더러운 도시로?

파란 바다가 거기에 있었다. 바다는 유연하게 천천히 부풀었다 경련하면서 쾌락을 견뎌내고, 그리고 그 몸을 까끌까끌한 고양이 혓바닥 같은 감촉의 해변으로 내던진다. 하얗게 빛나는 파도가 인다. 피부가 뜨거워지고 감각이 없어질 정도로 차갑게 얼어붙은 물이다. 저 먼 바다는 물고기 비늘처럼 빛나고, 거기에 어선이 떠 있다, 마치 페인트 그림 속 풍경 같다.

니시카와가 일어나 바다를 향해 돌을 던졌다. 돌은 세 번 정도 수면 위를 튀었다가, 물속에 있는 입안으로 꺼져 사라졌다.

"회사에는 안 가도 되는 날이야?"

미쓰루가 니시카와에게 물었다.

"아니, 휴가를 냈어."

"불 축제에 참가하려고?"

"몰라."

니시카와는 미쓰루가 부드러운 목소리로 묻는 질문에 귀찮다는 듯이 대답했다.

"네 여자는 어떻게 됐어? 그 역 앞에 있는 카틀레야에서 일하던 눈 큰 여자 말이야."

"두들겨 패서, 나도 헤어졌어."

니시카와가 이제야 웃었다.

"섹스는 했어?"

"했지."

니시카와는 웃으면서 한마디로 대답했다.

"야, 우리 한바탕 놀아볼까?"

미쓰루가 내 배를 복싱하듯 쳤다.

"셋이서 불 축제에 참가하는 것도 나쁘지 않겠는데. 한바탕 크게 놀아볼까?"

나도 미쓰루에게 부드러운 어퍼컷을 날렸다. 미쓰루는 슬쩍 몸을 비키고는 내 팔을 잡았다. 그렇다, 밤이 되면 폭력 냄새로 그득한 불 축제가 시작된다. 횃불을 들고 신사에 오르는 참가자들은 하얀 옷을 입고 하얀 천을 머리에 묶고 이 고장 공동체에 소속된 익명의 인간이 되어 시내에 있는 신사 세 군데를 돈다. 아스카 신사, 하야타마 신사, 가미쿠라

신사, 참가자들은 술로 몸을 정결히 하는 탓에 거의 술에 취해 있다. 길에서 스쳐 지날 때마다 참가자들은 "불 좀 부탁하지" 하고 서로 고함을 지르고, 소가 뿔을 맞대고 서로를 애무하는 것처럼 횃불을 마주친다. 탁탁 부딪치는 소리가 나고 불똥이 튄다.

예로부터 내려온 거친 축제다.

일상생활을 하며 마땅치 않아했던 남자를, 불을 붙이면 금방 타오르는 얇은 나무판 횃불이 아니라 굵은 떡갈나무 가지 횃불로, "부탁하지"라는 말투가 건방지다고 두들겨 팼다. 품에 숨기고 있던 비수로 찔러 죽이는 사건도 있었다.

신령을 맞이하는 횃불을 든 참가자 세 명이 돌길을 천천히 올라간다. 거대한 바위를 모신 신사 밑에 웅크리고 있던 참가자들 사이에서 환성이 인다. 손에 든 횃불에 앞다투어 불을 붙인다. 신사 아래가 붉게 타오른다, 문이 열린다, 참가자들이 고함을 지르며 경사진 아래 세상의 어두운 거리로 뛰어 내려간다. 앞이 어지러울 만큼 경사가 급한 돌길이 단숨에 불의 홍수로 뒤덮인다.

"액풀이라도 할까."

미쓰루가 기분이 좋을 때면 내는 코맹맹이 환성을 지르면서 내 배를 껴안고 팔에 힘을 주어 내 허리를 꺾으려 한다.

나는 아랫배에 힘을 꽉 주고 버텼다.

"너도 운수가 사나운 해냐?"

니시카와가 물었다.

"나는 이래저래 골치 아파."

미쓰루는 잔뜩 힘을 주어 붉어진 얼굴로 나를 모래사장
에 쓰러뜨리려고 받다리후리기 자세를 취하면서 헉헉거렸다.

"이 골치 아픈 놈."

나는 아니꼽다는 듯이 미쓰루에게 남자다운 목소리로 말
하고, 나와 미쓰루가 강아지처럼 엉겨 붙어 장난하는 모습
을 그저 웃으며 지켜보는 니시카와에게 신호를 보냈다.

"좋았어, 여자에게 차인 놈은 혼 좀 나야지."

니시카와가 미쓰루의 등에 들러붙었다. 나는 빛이 닿아
부풀어 오른 바다가 파랗게 반짝여 눈부시다는 것을 의식한
다, 나는 늘 혼자 흥미를 잃는다. 오늘 밤 우리는 허연 연기
와 나무와 기름 타는 냄새로 가득해질 이 고장의 불 축제에
참가한다. 신발 속에 거친 모래가 들어와, 엎치락뒤치락하고
있는 내 발을 찌르고 체중을 무겁게 했다.

바다로

海　　へ

1

옅은 회색 하늘이 내 몸에 오돌토돌한 돌기를 만든다. 질척질척한 황토색 길을 간다. 딱정벌레처럼 초록색으로 빛나는 대형 트럭이 지나갈 때마다, 마치 감기 걸린 고양이의 오한 같은 자잘한 진동이 생긴다.

도로 한가운데 팬 구덩이에 빗물이 고여, 빛이 보이지 않는 일그러진 하늘이 비치고 있다.

버스가 온다. 비를 맞아 칙칙한 차양 앞으로 온다. 버스는 점액질의 흙탕물을 튕겨낸다. 나는 거기에 서 있다. 버스를 탔다.

버스 안은 따뜻하다. 앞쪽의 빈자리에 앉으려고 걸어간다.

통로에 서 있는 사람의 머리칼에 맺힌 빗방울과 젖은 옷이 내게 들러붙는다. 버스는 내 몸을 그 몸통에 삼킨 채 하얀 하품을 토한다. 얼어붙은 오후를 저주하고 부르릉 소리를 내며 계속해서 떤다.

얼어붙은 하늘을 긁으며 녹아들 듯한 경적 소리가 멈춘다. 버스가 움직이기 시작한다.

유리창이, 차 안에 있는 사람들의 체온과 말소리 때문에 엷은 수증기의 막이 생겨 부옇다. 군데군데에서 그 수증기 방울이 커다랗게 모여 물방울이 되어 아래로 흘러 떨어지기 시작한다.

나는 지쳐 있다. 말라비틀어진 그 강처럼 나는 지쳐 있다.

난방이 내 몸속에, 나선으로 배배 꼬인 끈끈한 숨 같다고 밖에 할 수 없는 잠을 부른다. 머리 한가운데가 오늘의 하늘과 똑같은 칙칙한 색 구름으로 덮여 부옇고 흐리다.

나는 늘어져 있다. 언제나 그렇다, 이 도시에 오면 늘, 내 신경의 현은 이렇게 늘어질 대로 늘어져, 모든 것에 둔한 반응밖에 할 수 없을 만큼 이완되고 만다.

버스는 오르막길로 들어서기 위해 구부러진 길을 돈다. 여름날이면 뜨거운 빛에 검게 짓물러 끈적거리는 아스팔트로 포장된 언덕길은, 표면에 엷은 빗물의 망막이 쳐져 있고, 양 옆에 선 삼나무 그림자가 비치고 있다. 오르막길을 다 오르자, 버스는 산골을 개척해 만든 도로로 접어든다.

버스의 몸 안에서 나는 스프링 때문에 거의 상쇄된 자잘한 진동을 엉덩이로 느끼며 하품을 계속하고 있었다. 정액 같은 하얀 눈물방울이 눈가에 고여, 시야를 미지근한 막으로 가린다.

나는 하품만 계속하고 있다.

부드러운, 마치 연회색 하늘 같은 현기증이 내 몸을 완전히 감싼다. 불쾌하고 동그란 멍울이 그 여름날의 땀처럼 몸속에서 뻘뻘 배어 나온다. 뜨끈한 울렁거림이 목구멍 속을 조심스럽게, 은근히 자극한다.

2

그때…….

내 배 속에서 무수한 심벌즈와 무수한 트럼펫 소리가 울렸다. 하얀 위액이 출렁거린다. 실내에 있는 석유스토브는 사중주를 연주하듯 부글부글 작은 소리를 낸다. 연홍빛 열기는 너의 젖꼭지다.

카페 안에서 끈끈하게 뒤엉키며 울리는 모차르트가 바깥을 향해 열린, 가는 틈으로 새어나간다.

너는 초록으로 물든 말을 내 성기에 콘돔처럼 씌우려 한다. 마치 너는 내게 성충동을 일으키는 실험이라도 하는 것처럼, 애무를 노래하는 고양이다. 너는 소리 내어 노래한다. 나는 담배를 꺼낸다. 연기는 하얗고 조숙한 정액처럼 공간을 하늘하늘 떠돈다. 매끄러운 대리석상 같은 복부, 머리에 새겨진 정밀한 보리 이삭 같은 질감을 품게 하는 머리칼. 아아, 비너스.

내 귀가 어둠 속에서 듣는다. 조그맣고 하얀 꽃잎이 열리는 박꽃보다 조신한 너의 빠알간 입술에서 새어 나오는 말을, 어떤 확실한 무게로.

바다,

너의 말은 음악 자체다. 응, 같이 가자. 바다로. 연체동물의 위 같은 도시가 검고 어둡고 비장한 분노를 잉태한 바다로 변신하고, 나는 너와 단둘이 여기에 지금, 바다 한가운데 떠 있는, 하얀 크레파스로 파도만 엷게 그린 느낌의 무인도에 남겨지고 말았다. 사람들이 모두 갖가지 맛이 나는 꿈을 먹을 무렵, 얼어붙은 달빛이 쏟아지는 집들 너머에서, 백치의 거인이 무거운 쇠사슬 달린 닻을 지면에 질질 끌면서 한없이 걸어가고 있다. 고야의 그림이 내는 파도 소리를, 나는 너의 머리칼 냄새와 함께 듣는다.

3

버스는 검게 빛나는 아스팔트 도로에, 몸으로 스멀스멀 배어드는 엔진의 울림을 남기면서 달린다. 도로를 덮치듯 커다랗게 날개를 뻗은 나뭇가지들이, 멀리서 에테르처럼 불어오는 하얀 바람에 흔들리고 있다.

속이 또 울렁거린다. 내 몸속에서 뜨뜻미지근한 욕지기가 천천히 올라와, 그것이 진통제 효과처럼 모세혈관 구석구석으로 퍼진다. 나는 널브러진 알코올 의존증 환자처럼, 온몸에 퍼진 끔찍한 독소와 악전고투하고, 그러다 못해 끝내 쓰디쓴 위액을 토해낸다.

내 몸은 갑자기, 성을 중심으로 발달한 이 해변 도시의 사람들이 내쉬는 숨과, 옷 밖으로 드러난 가칠가칠한 피부에 진득하게 휘감기는 버스의 스팀을 느낀다. 구역질이 내 몸 전체를 덮친다. 공기에 둥실 올라탄 내 귀의 부드러운 주름, 그대로 올라가지도 내려가지도 않은 채 언제까지나 이렇게 나쁜 감각을 품고 있게 될지도 모른다. 나의 목덜미와 볼 언저리에 파란 치모처럼 자잘하게 돋은 엷은 수염이, 생선 비늘처럼 까끌까끌한 촉감이 된다.

이 도시에 오면, 나는 늘 위화감을 느낀다. 그것은 구역질이다. 이 버스에 함께 탄 친절한 속물들이, 집요하게 저주의 말을 토하기라도 하는 것처럼, 나는 나 자신의 등에 백 몇 개의 시선을 느낀다.

나는 버스 안의 수증기로 젖은 창문에 머리를 기대고 구역질을 견디려 한다. 유리에 갖다 댄 볼로, 나의 내부의 딱딱한 응어리를 풀어주는 수증기에 덮인 차가운 유리 그 자체를 느낀다. 나의 나쁜 감각을 치유해주는 차가운 유리가 있다.

초점이 맞지 않은 시선에 들어오는 창밖 풍경이 버스의 속도보다 빠르게 스쳐 지나가려 한다.

나는 온몸으로 구역질을 견디고 있다. 언어가 천천히 입술 끝에서 낙하한다. 구역질, 나의 뇌수와 하얀 소리를 내는 뼈를 방사선처럼 갉아먹는 이 도시의 체취가 나를 괴롭힌다.

4

나와 너는 걷고 있다. 계절이 낙엽의 잎맥 안에 있다. 계절이여. 나는 노래한다. 구두 굽으로 낙엽을 짓밟으면 보도는 바스락 뭉개진 소리를 낸다.

너는, 말을 계속하고, 그러나 그 말은 기묘하고 다양한 모양으로 분해되고 사라져, 내 귀에는 닿지 않는다.

도시가 내 눈앞에서 수축 운동을 반복한다. 해변의 조그만 마을은 한없이 작아지면서 내 몸 안으로 들어와 피를 뜨겁게 한다.

해질녘은 극채색을 바른 잡동사니 상자다.

거리는 고요하고, 딱딱하고 빛나는 보석으로 만든(마치 콜트레인을 환기시키는 초원의 앙증맞은 여신들의 축제처럼) 밤이 시 같은 노래를 부르고 있다. 오오, 오오오, 오오, 눈물이 그러듯 나와 너는 거리 속으로 녹아들려 한다.

비참한 체액이 분비되어 이 하얀 아메바의 밤을 잉태한 해변 거리에 삼켜지는 것을 알 수 있다. 바람이 분다. 체액은 완전히 마르지 않고, 마치 언어라고 하는 잊힌 사전의 305페이지째의 만남 같은 슬픈 차가움으로 변신한다.

너는 나의 몸에 동화하려 애쓰고 있다. 그렇게는 안 되지, 너를 향해 마치 오이디푸스 왕의 대사 같은 씁쓸한 울림이 담긴 충고를 내뱉는다.

개가 전신주 뒤에서 뛰어나온다. 못생기고 뚱뚱한 누런 개는, 나와 너의 몸을 지나쳐 뛰어가면서 히포콘드리아에 걸린 것처럼 계속 짖어댄다.

나와 네가 나눈 성교처럼 우울한, 어떤 불안정한 교신(그것은 오히려 사랑 같은 것이리라)을 본 것이겠지, 글쎄, 저 개를 때려죽여.

파도 소리가 희미하게 들린다. 바다는 이미 나와 너의 것이다.

5

버스는 나를 내려놓고는 몸을 푸르르 떨면서, 낮은 집들을 위압하듯 모퉁이를 돌아 달려간다.

태풍이 불 때 꺾인 채 방치되어 축 늘어진 굵은 소나무 가지가 때로 불어오는 차가운 바람을 맞고 있다. 나뭇가지의 표면은 비에 젖어 축축하다. 가지 끝에 맺힌 조그만 빗방울이 흔들리다 뾰족한 이파리 끝으로 이동해, 몸을 떠는 것처럼 지면으로 떨어진다.

버스 안에서 몇 번이나 하얀 하품을 계속한 탓에 맺힌 눈물이 바닷바람을 받아 차갑게, 몸속에 기분 좋은 잔잔한 파문을 만든다.

나는 바다를 향해 걷기 시작한다. 자갈 깔린 길이 신발에 밟혀 무거운 소리를 낸다.

나는 걷고 있다. 내 안의 바다를 향해 걸어간다. 과거 나를 집어삼켰던 바다, 나를 압도하고, 목 졸라 죽였던 그 바다를 향해 나는 걷고 있다. 바다, 너는 삼월의 반짝반짝 빛났던 자신감과 긍지에 찬 아름다운 모습으로 나를 받아들였다. 그리고 피부를 짓찢고 깨물어 죽였다. 나는 걷기 시작한다. 내 안의 바다를 향해 걷기 시작한다.

어부들의 집이 이어진다. 소금기가 방울방울 섞인 비를 맞아, 집들의 기와는 처참하고 묵직하게 빛나고 있다. 아이들의 얘기 소리가 들린다. 여름 귤의 초록색 잎이 마당에 돋은 들풀에 기묘하게 섞여 시치미를 떼고 있다. 조그맣고 검은 등에가 여름 귤 주위를 붕붕 소리 내며 날고 있는 듯하다.

나는 계속 걷고 있다. 고향을 잃은 보헤미안처럼, 내가 살해당한 바다를 향해 그저 걸어가고 있다. 바다는 알고 있을까? 이렇게 지치고, 이렇게 그로테스크한 꼴을 하고 있는 나를 알아볼 것인가?

나는 미미한 온기를 품은 감정에 지배되고 있다. 이 감정, 어디선가 경험한 적 있는 감정이다. 집들이 내 망막에서 점차 영상을 부옇게 변화시키기 시작한다. 내 몸 중앙부에, 비참하고 애처로운 구역질을 도려낸, 파란 입자로 된 바다가 확대되기 시작한다.

나는 바다를 느끼고 있다. 아아, 그 강간한 자처럼 비장한 분노에 찬 바다를 느끼고 있다.

6

  그 바닷바람은 신화처럼 훈훈한 향기를 뿌리며 너를 벌거벗게 한다. 비스듬하게 서 있는 신전의 황혼처럼 젖가슴이 또렷하게 떠오른다.

  나와 너는 바다를 향하고 있다. 마치 가시가 가득한 겨울 비를 맞으며 성교할 때의 외침 소리 같은 바다. 우리는 점차 작아진다.

  모래에 묻힌 피부를 찌르는 초록색 유리 파편 같은 신경이 우리를 교접하게 한다. 오오, 관념은 깊은 바다에 사는 인어의 거품처럼 터져 사라진다. 모든 것은 정지했다.

  폐선이 등딱지를 드러내고 있다. 부드러운 패닉의 촉감…….

  바다가 있다.
  삼월에 지워지고 만 바다가
  있다
  나의 검은 타액을 빨아먹은 채

행방불명되고 만

　　부랑자의 바다가 있다

　어둠은 조용히 빛을 받아들인다. 반짝 빛나는 하얀 폐선이 천천히 얼굴을 내민다. 숲은 어린 나뭇가지를 드러내고, 강은 하얀 이를 보이면서 장엄하게 노래한다. 무지개가 녹여버린 눈의 희미한 온기를 내게 전한다.

　　그 해변은

　　관 속이다

　　배신하고, 배신당한, 나의 희망

　　바다는

　　쐐기풀 가시에 찔려

　　빨간 핏덩어리를 뚝뚝 토해내고 있다.

　나는 남몰래 너의 위를 받아들이고, 하얀 폐선의 신화를 이야기하려 한다. 자, 모래들이여, 해안으로 밀려 올라온, 썩어 문드러진 빨간 여인상의 장미여, 너희에게 내 말이 들리는가?

　어젯밤에 터져 사방으로 튄 스토브의 관이 나와 너의 몸에 불쾌한 얼룩으로 남아 있다.

그 왕의 가면은
오직 나의 것
세계는
언제까지나
그리스 비극을 상연하고 있다
지금
할렐루야를 노래하는 것은 좋지 않으리

하얀 아침, 얼어붙은 세계는 그 무렵의 행복을 모른다. 하얀과 검정 점박이 개는 건물 뒤에서 모이를 찾는 은색 비둘기를 놀랜다. 내 손바닥은 아직 부드럽다. 눈부시게 빛나는 기와는, 살갑게 손을 흔들며 큰길로 나간다.

잭은 보건소에서 형을 울린다. 빛의 이삭이 형의 장례 행렬에 쏟아진다. 형의 몸은 뻘겋고 해학적인 성기까지, 파란 하늘에 가루가 되고 만다.

형은 죽었다. 희미하고 파란 기억의 산酸이 빛을 뜯어내고, 생채기를 내고, 증발시키려 한다.

세계는

언제까지나

그리스 비극을 상연하고 있다

강간한 자들이 계속해 살아 있고, 바다는 맥없는 비명을 집요하게 질러도 되는 것일까?

바다가, 나와 너를 끌어안으려는 듯 타르의 촉수를 뻗었다가 다시 당긴다. 바닷바람에 너의 머리칼이 살랑살랑 나부낀다. 아직은 사랑처럼 불만스러운 바닷바람이다.

7

나는 꺼끌꺼끌한 피부를 지닌 회색 콘크리트 제방 위에 앉는다. 엉덩이 밑에서 감색 바지 천을 통해 혈액처럼 한기가 스멀스멀 스며든다. 희멀건 하늘에 솔개가 유유히 날고 있다.

나의 몸은 싸구려 스테인리스 부엌칼처럼 무딘 바다에서 불어오는 차가운 바람에 굳어 있다.

그때도 그랬다. 따스하고 음전한 눈동자의 누나가, 바다를 향하고 온몸으로 화를 냈을 때도, 역시 이렇게 차가웠다.

요가 죽었어…… 누나는 어린 나의 머리칼을 꾹꾹 눌러 쓰다듬으면서 말했다. 하얀 눈물이 내 목덜미로 떨어졌다. 누나는 울었다, 몸을 떨면서 울었다.

내가 그때의 누나를 잊는 일은 없으리라. 모래사장으로 밀려오던 그 분노에 찬 바다도 나는 잊지 못하리라.

딱딱한 장미 꽃망울이 누나의 슬픔을 안다는 듯이 바람에 흔들렸다. 요는 브로바린(brovarin, 최면 진통제)을 먹고 죽었어, 나 때문에, 누나의 말은 떨려 나왔고, 나는 기묘한 형태로 꽂히는 창처럼 그 말에 겁을 먹었다.

나는 모든 것을 증오한다. 누나를 슬프게 하고, 형을 죽이고, 나까지 욕보이고 숨 막히게 한 모든 것을 증오한다. 그 무렵부터 나는 나 자신으로 인해 신화를 잃었다. 내 몸에는 사람들에게 버려진 폐옥의 우물처럼 잡초가 빈틈없이 돋기 시작했다.

누나는 바람과 함께 축축한 싸락눈이 뿌리는 해안에서 외쳤다. 다 죽여버리고 싶어, 요를 죽인 모두를 죽여버리고 싶어.

사람은 참 끝까지 멍청하다, 모두 죄가 있다, 모두에게는 죄가 있다, 누나의 긴 머리칼은 눈을 얹고 반짝반짝 빛났다. 누나를 위로하듯 하얀 파도가 철썩철썩 해변에 부서졌다.

나는 그때 일을 잊지 않는다. 분노와 광기를 품은 바다도, 스물여섯 살에 죽은 형의 비참한 시체도 잊지 않는다.

나는 윗도리 주머니에 소리 없이 숨어 있던 담배를 꺼낸다. 성냥이 화르르 피어오른다. 환한 불길, 몇 억 광년 전에 두고 온 듯한 색감이다. 연기가 바닷바람에 날려, 내 혀에는 그저 알싸한 맛만 남는다.

8

너와 나는 모래사장에 앉았다. 밤이 우리의 감상을 차가운 이슬의 하얀 방울방울로 변화시킨다. 바다가 천천히, 잔잔하게 우리의 사랑 같은 존재를 녹이려 한다.

그 무렵

나는 아직은 나의 언어를 갖고 있었다

형은

하얀 양복을 입고

여자들과 어울려 놀았다

형은

비장한 영웅이었다

이카루스처럼

파란 하늘로 날아올랐다

　나는 모래를 움켜잡고 있다. 내 마음처럼 바닷물에 젖어 부드럽고 약해진 모래들. 풍경이 부옇다.

성이 있는 동산은

가시투성이 잡초에 덮여 있었다

꼬맹이들이 내 뒤를 따른다

구마노강이 빛나고 있다

이제

노래하라

너희들의 보랏빛 신화를

너는 입을 다문 채 내 무릎에 기대어 있다. 너의 머리칼이 나의 시 자체인 것처럼 나의 몸을 포박하고 꼼짝 못 하게 한다. 너는 눈물을 흘리고 있다. 비참한 딱정벌레의 체액 같은 눈물. 나는 너에게 몇 억 광년 전에 사용했을 말을 꺼내 얘기해야 할까? 그러나 그것은 가미쿠라산의 그 해학적인, 발이 셋 달린 까마귀의 성교만큼이나 곤란한 일이다. 추위가 우리에게 형벌을 가한다.

　　그 무렵
　　형은 울고 있었다
　　피에 주린 사람들이
　　그리스의 신들처럼 용맹한
　　나를
　　괴롭힌다
　　고
　　그리고
　　조숙한
　　삼월의 어느 아침
　　형은
　　아틀라스의 어리석음과 가혹함을 몸에 걸친 채

목매어

죽었다

　세계는 그 아침부터 갖가지 광휘를 잃었다, 그러나 보라, 속물들의 저 역겨운 노랫소리는. 아무것도 모르고, 아무것도 느끼지 않고, 아무것도 받아들이지 않는 저 남자들의 더럽기 그지없는, 침을 뱉어야 하는 그 혼은.

　　나는 저주한다

　　사람들이 죽어 사라지고

　　사람들의 더러운 피를 독사가 죄 핥아먹고

　　사람들의 대지가 파괴되고

　　사람들의 시체가 썩어 없어질 때까지

　　나는 저주한다

　밤은 눅눅하게 젖어 있다. 너는 내 몸에 구역질 같은 온기를 주면서, 있다. 속물들의 피를 지닌, 더럽기는 해도 귀여운 너. 나는 너와 앞으로 몇 만 번의 성교를 한다 해도, 너를 용서하지는 않는다. 너를, 과거의 구마노강처럼 청결하게 흘렀던 핏속에 받아들이지 않는다. 성이 있는 동산의 가시 돋친 잡초들이 풍기는 저 싱그러운 풀냄새 같은 나의 정액을, 너의 몸속에 뿌리지 않는다.

바다가 조그만 소리를 켜며 모래사장으로 밀려온다. 바다, 뒤틀리게 자란 속물들의 바다.

자, 바다여

네가

내 마음속에 있는 분노의 바다와 이어져 있다면

노래하라

사람들을 저주하는 노래를

그리고 삼월의 차가운 빛처럼

죽어간

형에게 보내는

만가를

9

머리칼이 바람에 살랑살랑 흔들리고, 옷자락도 너덜거리는 천 조각처럼 펄럭거린다. 이제는 바다가 보이지 않는다. 바람이 불 때마다 잔가지가 움직이는 소나무 방풍림과, 화물선에 실으려고 쌓아놓은 적갈색 목재와, 조용히 서 있는 조그만 어부들의 오두막에 막혀, 바다는 보이지 않는다.

나는 다시 바다를 향해 걷는다. 연회색 하늘 아래에서, 바람에 도발되어 분노에 미친 바다를 향해 걷기 시작한다. 콘크리트 제방 위를 조금 걸어가자 겨우 바다가 보였다. 온통 하얗고 자잘하게 주름진, 해변을 향해 밀려왔다 솟구쳐 모든 것을 바닷속으로 끌어들이려는 것처럼 꿈틀대는 바다가 보인다.

나는 바다를 향해 걷고 있다. 나 자신 안의 바다를 향해 걷고 있다.

제방 위에서 나는 걸음을 멈춘다. 구두 바닥이 콘크리트의 차가운 입자를 느낀다. 솔개가 울면서 하늘을 맴돈다. 조그만 만에서 일하는 남자들의 이야기 소리, 화물선 엔진 소리가 들린다. 제방 위에 아이들이 놀다 지쳐 내던졌을, 목검 모양으로 잘린 유목이 떨어져 있다. 밝은색 유목이다. 언어를 말살당하고 다리까지 부러진 인간 같은 목검, 아니, 자신의 수치를 알고 두 눈을 찔러 자신을 고발한 오이디푸스 왕의 것과 같은 목검이다.

나는 바다로 이어지는 어부들의 마을을 걷는다. 조그만 마을은 잠잠하다. 짙은 갈색 그물이 마당에 널려 있다. 지나가는 기차의 굉음이 들린다. 양철로 지붕을 올린 가난한 집 옆에 설치된 수도에서, 하얗고 차가운 소리를 내며 물이 흐르고 있다. 물은 콘크리트로 콸콸 쏟아져 은색의 동그란 방울로 튀고, 다른 물방울과 함께 한 흐름이 되어 도랑으로 사라진다.

마을은 고요하다. 바다가 거친 탓일까, 어부들 특유의 외설스럽고 밝은 활기가 없다. 집들은 대지에 엎드려 바다의 분노를 위로하기 위해 두 손 모아 기도하고 있다, 아니면 악의의 독을 듬뿍 머금은, 가시를 숨긴 저주의 말을 중얼거리고 있을까.

아이들이 다가온다. 아이 셋과 따스한 갈색 털로 덮인 조그만 강아지다. 아이들은 갈색 강아지를 둘러싸고 저마다 뭐라고 외치면서 내게로 오고 있다. 강아지 목에는 굵은 새끼줄이 감겨 있다. 강아지는 숨이 막힌 나머지 어리고 검은 눈에 눈물을 글썽이며, 아이들과 발을 맞춰 걷기를 거부하고 있다.

아이들과 강아지의 모습은 우스꽝스러운 의식 같다. 아마 그 아이들은, 어린이 특유의 친절한 잔인함으로 갈색 강아지를 자신들밖에 모르는 비밀 기지로 데려가 거기서 키우고 길들이려는 것이리라. 아니면 어떤 신에게 제물로 바치려는 것일까? 아이들은 목이 졸려 괴로운 나머지 멈춰 서려는 강아지를 발로 걷어차면서 걸으라고 채근한다.

바람이 분다. 바다가 구르릉거리는 소리, 지옥에서 파란 손톱이 돋은 손을 뻗는 악마들의 노랫소리 같은 소리가, 내 심장의 고동을 빠르게 한다. 아이들은 마치 연극의 단역 배우처럼 풍경에서 사라진다.

횡횡 부는 바람에 소나무 잔가지가 흔들린다. 빗방울이 창처럼 대지를 향해 꽂히려 한다. 굵고 진득한 검은 소나무다. 나와 나이가 비슷할지도 모르겠다. 뿌리는 흙 속을 파고들어, 뒤틀리며 퍼져 있다. 소나무 잔가지는 마임을 하는 것 같다. 말, 이미 사람들에게 잊힌, 뭔가가 뭔가와 연대할 때 생겨나는 그 미소 같은 것을, 소나무 잔가지는 서럽게 연기하고 있다. 소나무는 아주 많은 말을 하고 있다.

바다가 다시 내 앞에 하얀 알몸을 드러냈다. 과거 은색 비늘을 몸 전체에 반짝반짝 걸쳤던 바다가, 하얀 아침의 태양빛 아래서 나르키소스의 맑은 샘물처럼 차가웠던 바다가, 보인다.

바다가 용트림한다. 하얀 파도가 해변을 철썩철썩 때린다.

어선은 뭍으로 피난했다. 어부의 오두막 안에서 피우는 모닥
불의 불길이 보인다.

나는 해변으로 내려간다. 내 몸속에서 바다에 관한 찬가
같은 불안정한 흥분이 솟구친다. 천천히 조금씩 결정을 이뤘
다가 증발해버리는 남쪽 지방의 하얀 눈 같은 슬픔이 배어
나온다.

10

바람이 잦아들었다. 곶이 어두운 비탄 속으로 숨으려 한
다. 모래사장이 비스듬히 이어진다. 해수욕의 계절은 끝났
다. 여름의 잔상은 이미 보이지 않는다.

바다는 찰랑찰랑 소리 낸다
바다는 잠을 탐닉하고 있다
바다는 서서히 의식이 흐려진다

나는 너를 찾을 수 없다. 아무것도 느낄 수 없다.

너를 위한 푸가, 너를 위한 쾌락, 너의 죽어 없어진 손바닥
이 나의 젖가슴을 더듬을 때, 나는 슬픔으로 변신해 움직일

수조차 없다.

아아, 우스꽝스러운 풍경. 너는 나를 풍경으로 인식하고 있다, 마치 이 넘치는 감정이 성기 끝에서 방출된 것처럼 여기고 있다.

나는 존재하지 않는다, 이 모래 알갱이들과 마찬가지로 너의 몸 안에는 존재하지 않는다.

나는 여기 있어, 내 감성의 전선에서 스파크가 일어나네, 당신은 아무것도 몰라, 당신, 죽은 거야? 그러네, 죽었네, 나는 지금도 계속 생각하고 있는데, 형이하학적 성욕에 대해.

바다는 잔잔하다
그 격한 욕망은 이제 이 바다에 없다
이 바다는 나의 바다가 아니다
네가 내게 아무것도 아닌 것처럼
이 바다는 구토의 바다다
나의 바다는?
그 바다는?

네가 무슨 생각을 하는지 알아, 너는 네가 나르키소스라는 걸 알아? 너는 우스꽝스러운 나르키소스, 그리고 나는 가

없은 요정 에코, 너는 마조히스트, 너는 근친상간의 실행자,
소포클레스의 불량한 아들, 바다가 너를 덮쳐주기를 바라는
거야? 그 테베의 왕처럼 되기를 바라는 거야? 어느 때 사랑
의 보랏빛 바람이 불어와 너를 사로잡았지, 그건 너에 대한
너의 사랑, 너는 죽었어, 슬퍼 탄식하며 숨을 거뒀지, 오오,
사랑의 신 아모르여, 내게도 나를 사랑하게 해다오.

몇 년이 지났을까
검은 풍경이 내 존재 증명서를 발행하기를 거부한 후
조촐한
바람인데

나는 죽었다
다만
저주의 감정만 있다
파도가 밀려온다
나의 관념이 톱밥인가?
나는 나 자신을 알고 싶다
꿈의
계산이 아니라, 그 안의 안을 알고 싶다

바다는 자글자글 작은 소리로 속삭인다

오,

그런 소리로는 들리지 않는다

바다여

나를 삼키고 내게 삼켜진 바다여

변태 사디스트에, 매춘부처럼 처덕처덕 진하게 화장하고 독을 풍기는 장미를 입에 문 남창의 바다여

부랑자의 바다여

정액의, 에로 사진 속 여자의 음부의, 찢겨 갈라진 미소녀의 배의, 암살을 원하는 우익 소년의, 기동대에게 죽임을 당한 소녀의 아직 파열되지 않은 처녀막의, 천황의 고무관 같은 남근의, 속물이 매주 드나드는 비뇨기과와 이비인후과의, 바다여.

삼만 번의 페팅의, 갈색 개가 입에 문 콘돔의, 약에 전 소녀의 오줌의, 자기기만의, 싸구려 위스키의 현기증의, 남색가의 항문의, 재수생의 사정의, 베트남으로 보내진 탈주병의, 구름 위로 솟은 남근의, 배신당한 혁명의, 해학적인 비극의 바다여.

모든 것의 바다여

나의 바다여

나는 너를 정말 사랑해, 그런데 내 사랑은 마치 양철 지붕에 비치는 햇빛처럼 어지럽게 반사돼, 너 듣고 있니? 너의 발기한 페니스가 내 손바닥에 느껴지는데, 너는 심해어처럼 꼼짝도 하지 않아, 왜 그러는데?

바다여

광기의 바다여

한없이 확대되는 희망의 바다여

나를 가두는 한탄의 바다여

나는 대체 무엇인가

나의 나는 대체 무엇인가?

추위가 내 몸을 뻐근하게 파고든다. 바람은 불지 않는다. 나와 너는 모래 알갱이로 변신해버렸다. 그것은 남자의 성기다. 심각한 성기다. 나는 그저 저주의 말을 알고 있을 뿐이다. 내게는 이제 아무것도 없다. 나는 다시 저주를 퍼붓는다.

테베의 왕이여

아폴론 신이여

소리 되어 나오지 않는 외침

소리 되어 나오지 않는 목소리

바다여

온갖 바다여

나의 바다여

11

바다는 내 앞에 있다, 소금기를 머금은 빗방울이 뿌린다. 비가 내리기 시작했다. 거칠거칠한 모래가 걷고 있는 내 몸을 불안정하게 한다. 거친 파도가 인다. 분노하고 있다. 바다는 고함을 지르며 나를 노려본다.

나는 끝내 바다에 왔다.

바다는 내 앞에 가로놓여 있다. 수억 속물들의 눈알 뒤에 숨은 살의를 느끼면서 여기 이 바다로 걸어온 나를 쳐다보고 있다.

나는 더러워지고 만 것일까?

나는 모래 위에 무릎을 꿇는다. 모래의 거친 감촉이 무릎에 전해진다. 나는 이제 아무것도 느끼지 않는다. 나 자신의 감각, 그것은 겹겹이 두른 옷 아래에서 카니발의 밤처럼 가장하고 있는 것에 불과하다.

나는 역사를 떨어내버리고 말았다. 내 이력서는 이미 불타버리고 말았다.

나는 과거가 없다. 현재도 없다. 나는 이미 죽은 사람이다. 그 밤의 기만, 거짓으로 가득했던 불결한 시간에, 이제는 맞설 수 없다.

태양 빛이 타자의 것이며, 언어가 타자 그 자체이며, 세계가 타자인 한, 나는 너를 삼월 아침에 수레바퀴 구르는 소리처럼 환기할 수는 없다.

나는 그 밤의 더러워진 바다를 목 졸라 죽였다. 그것은 마치 내게 나이가 없다는 것과 마찬가지다. 나는 그리스신화에 등장하는 한 젊은이이며, 비극에 등장하는 왕이기도 하다, 그리고 그 거짓 바다를 죽인 인간이기도 하다.

나는 바다에 무릎 꿇고 있다

거친 바다를 향해 기도를 올린다

바다, 네 안에 어머니가 있다고 노래한 시인이 있다. 그러나 너는 어머니의 바다가 아니다, 내 피의 바다다. 형과 누나들과 나의 선조들의 말을 모두 삼켜버린 바다다

너는 원점이다

너의 격렬하게 튀는 물방울은 나의 정액이다

너는 나의 광기다

나는 무릎 꿇고 해변으로 밀려오는 파도에 입맞춤한다. 파도는 진주색 거품을 일으키며 나를 끌어당기려 몸부림친다. 숙인 얼굴에 모래가 들러붙는다.

나는 아무것도 느끼지 않는다. 조금 전 콘크리트 제방에서 느꼈던 추위도, 버스 안에서 느꼈던 구역질도, 그 이상한 거리에서 느꼈던 일그러진 증오도 느끼지 않는다.

바다가 출렁거린다. 격한 욕망에 용트림한다. 나의 바다다. 나의 성기는 딱딱하게 발기한다. 나는 나의 바다와 맺어지고 싶다. 내 몸속의 피가 전부 없어지고, 내 몸이 산산이 분해

될 만큼의 성교 그 자체를 갖고 싶다.

바다는 안달한다. 나의 바다는 몸부림치며, 나와의 성 자체인 만남을 요구한다. 바다는 하얀 거품 묻은 손을 내밀어, 나를 끌어당기려 한다.

바다에 비가 내리고 있다. 내 이마에도 바다의 침 같은 빗방울이 맺혀 있다. 빗방울은 내 머리칼을 적시고, 나의 눈두덩을 적시고, 나의 옷을 적신다. 빗방울은 내 입술에도 흘러든다. 나는 빗방울을 부드럽게 입에 머금는다.

내 몸은 젖어 있다. 추위는 느끼지 않는다. 바다가 구르릉 구르릉 소리를 낸다. 나만의 바다다. 나의 몸 전체가 하얀 에테르처럼 발정 신호를 내보내고 있다. 바다도 그렇다.

나는 일어선다.

아무것도 보이지 않는다. 조금 전 이 해변으로 내려올 때 보였던 배도, 흔들리는 소나무 가지도, 어부들의 마을도, 아무것도 보이지 않는다. 그저 바다만, 나를 맞아들이려 하고 있다.

12

나는 바다를 향해 걷기 시작한다. 나는, 걷고 있다. 내 다리가 움직여, 자잘한 근육의 율동을 전한다. 내 심장은 강하게, 쿵쿵 뛰고 있다. 나는 심한 현기증을 느낀다. 지구 위로 쟁쟁 울리는 징의 고동을 안다. 피는 뜨겁게 들끓어, 기포를 일으키며 몸 안을 빙빙 질주하려 한다.

내게 무슨 일이 있었든 조금도 상관없다. 과거에 어떤 경험을 했든, 나 자신이 지금은 가짜라고 단언할 수밖에 없는 현실이라는 무대에서 어떤 식으로 연기를 했든, 어떤 유치한 감상을 품었든, 그런 일은 나와, 나와 아무 관계도 없다.

나는 걷고 있다, 그 바다를 향해 걷고 있다.

둥그렇고,

소박한

비석,

이,

보인,

다,

말(그것은 금지된 말이었다)이 입술 끝에서 영상으로 환원된다. 마음이 터져 나의 관념이 창 한 자루로 변화하는 저주 속에서, 나는 몇 번이나 이 영상을 쳐다보면서 정액을 뚝

뚝 흘렸던가.

내게는 이제 찍 늘어진 감성도 없다. 나는 맹렬하게 몸을 뒤트는 바다를 보고 있다. 이 나의 몸 세포 구석구석으로, 형의 정액처럼, 누나의 큰질어귀샘에서 분비된 액체처럼 찝찔한 바다를 느끼고 있다.

오오
오오오

나는 이미 녹아들어가고 있다. 내게 유일한 타자인 바다에, 그리고 나 자신인 바다에 동화되려 한다. 오오오, 오오, 오오오오, 나는 바다로 들어간다. 성 자체의 시작이다. 이 무수한 섬들이 신들의 성교에서 태어난 것처럼, 잘린 남근에서 진주색 포말을 일으키며 비너스가 탄생한 것처럼, 나는 바다로 들어간다. 하얗다, 모든 것이 하얗다, 성은 하얀 현기증 같은 것이다. 나의 몸은 뜨겁게 달아오른다. 나의 몸은 바다와 뒤엉켜, 저 고대로부터 이어져 내려온 남자들의 모습처럼 깊숙이 동화하기 위해 바다의 몸속으로 돌진한다.

내게 과거가 뭐라고. 속물들은 거짓 과거를 놋쇠 반지처

럼 끼고 거리를 걸어다니리라. 여름이 오면 저 자기기만에
찬 바다에서 건강한 스포츠를 한다, 그리고 어느 때는 너
같은 연인과 함께 겨울 바다를 찾아 낭만적인 유리구슬의
감상에 젖었다, 슈퍼마켓에서 산 바기나의 과거, 만원 전철
에 흔들릴 때마다 진자처럼 흔들렸던 속물적인 남근의 과
거, 나를 향해 그런 식으로 과거를 묻지 말라.

나는 정화되었다. 바다를 향하고 있는 내 가슴 언저리의
파도가 내 몸을 속속 핥아, 나는 정화되었다. 나는 이제 타
락한 천사가 아니다. 자, 내 몸 안에서 빛나는 금색 솜털을
보라, 바다, 형이며 누나이며 나이며, 나의 피인 바다여, 나는
무구함이다. 파도는 격한 사랑의 메아리를 보낸다. 파도는
나를 바다의 핵으로 데려가, 보다 강하게, 보다 깊게, 나 자
신과 결합하려 안달한다.

세계는 이 결합으로, 나의 주술로, 와르르 소리 내며 무너
지리라. 소돔처럼 거리는 불을 뿜고, 메마른 흙으로 두껍게
뒤덮이고, 사람들은 모두 돌로 변하리라. 그것은 당연한 결
과다. 거리가 저 페스트가 만연했던 도시처럼 업화로 불타버
리는 것은 당연한 일이다, 그러다 손가락 사이로 푸스스 흘
러 떨어질 듯한 질감의 흙으로 뒤덮이는 것은, 거리가 지닌

더러움과 싸구려 행복의 죄업 탓이다, 인간이 돌로 변하는 것은 그 어리석음 탓이다.

나는 동화 작업을 서두른다. 바다가 내 몸을 완전히 집어삼키려 한다. 나의 몸은 뜨겁다. 비가 계속해 나를 적신다. 그것은 바다의 침이다. 나는 나 자신의 모든 근육이 경직되는 것을 느낀다.

바다여
오오오오

바다는 구르릉구르릉 소리를 낸다. 바다는 내 몸을 옥죈다. 바다는 내 품에 안긴 채 몸부림친다. 몸을 비튼다. 바람이 거친 숨을 옮겨다 준다. 바다는 나의 성기에 입맞춤한다. 바다는 나를 꼭 껴안는다. 바다는 나를 짓누른다.

나는 피의 역류를 느낀다. 목덜미까지 삼킨 바다의 강한 애무의 힘으로 나는 나 자신의 흥분을 느낀다. 내 피부는 화끈 달아올랐다. 나는 흐물흐물 녹아버릴 듯한 나 자신의 육체를 느낀다. 신경의 가는 줄이 뒤엉킨 채 갈가리 찢기고, 토막토막 잘려 바닷속으로 빨려 들어가는 것을 느낀다. 강한 바다다. 음부에 돋은 빳빳한 털은 바다의 부드러운 애무로, 산들바람에 흔들리는 보리 이삭처럼 파란 풀 냄새를 피우리라.

바다여, 이런 나를 미치게 하라, 너의 부서지는 파도에 동화시켜라. 나는 뜨겁다, 내 몸은 농유산에 잠긴 것처럼 뜨겁게 타오르기 시작한다.

나는 바다에 녹아든다. 이제는 몸을 내 마음대로 움직일 수 없다. 몸속의 근육이 떨리고, 경련을 일으킬 만큼 강렬하게 사정하는 순간이 다가오고 있다는 것을 하늘의 계시처럼 느낀다.

아아, 바다, 나는 남은 분노와 모든 것을 흐물흐물 녹여버리는 선함으로 너에게 감사한다. 바다는 기뻐 몸을 꿈틀댄다. 강하게 조여온다. 바다는 그런 몸짓이 나를 더욱 흥분시킨다는 것을 알고 있다.

바다여, 나의 바다여, 나 자신이여, 너덜너덜 허물어져 날리는 멸망의 노래가 우리의 한숨에 합창하는 것을 아는가?

그 합창 소리는 그리스 신들의 노래와 비슷하다. 우리의 선조가 양기로 가득한 주연을 열어, 여자들의 잘록한 허리와 남자들의 용맹한 남근을 서로 놀리려 불렀던 노래와 비슷하다.

속물들은 그 소리를 들을 수 없으리라, 바다, 나의 바다,

너는 멋지다. 너는 이제 나만의 바다다. 나를 고대 시대의 남자로 되돌려 놓아주었다. 나의 지치고, 성병에 걸린 몸속 구멍 같은 현실에서 꺼내주었고, 내게 이 노래를 들려주었다. 들린다, 그것은 겹겹이 피어오르는 구름 울타리, 영광 있으라, 영광 있으라, 양기로 가득 찬 나의 미래의 노래다.

바다여, 오오, 바다, 나는 이제 사정한다, 비극의 시대에 마침표를 고하는 딱딱한 성기에서 분출되는 사정, 파도가 나를 완전히 삼켰다, 오오, 나는 사정한다, 오오오, 사정한다, 미래를 향해 보라색 무지개처럼 하늘의 계시를 받으면서 나는 사정한다, 오, 오오오, 나의 바다여, 오오오. 사정……말이 나를 죽이는 것은 아니다, 진정한 사정이다, 오오오.

「18세」는 고등학교를 졸업한 무렵부터 쓰기 시작해, 열아홉 살 때 발표했다. 그 나이에서 스물세 살 때까지 쓴 작품을 담았다. 부분적으로만 손질했다. 이 책은 야들야들한 살을 지닌 젊은 작가의 작품집이다. 질서 따위는 무의미하다, 파괴로, 혼란으로. 이 젊은 작가와 지금의 나를 잇는 것은, 그 생각이다.

상처 없는 혼이 어디 있으랴

그렇다, 목소리가 들린다.

열여덟 살 작가의 작품집을 출판하려면 어떤 치장을 해야 하나? 사람들에게 묻고 싶다.

젊음은 너무도, 잔혹하다.

한 시대의 언어와 그 표현

　같은 세대 작가가 쓴 글을 읽는 것에는 어떤 의미가 포함되어 있을까. 나는 역시, 이 나카가미 겐지라는, 자신과 비슷한 나이의 인간이 쓴 글을 읽으며 이 의문에 집착하지 않을 수 없다. 그것은 답답함이기도 하다. 작품, 또는 작가에 대한 답답함, 즉 나 자신에 대한 답답함이다.

　이 경우 안다는 것은, 같은 시대에 소설을 표현 양식으로 사는 나 자신이 늘 감수해야 하는 '곤란'을 새삼스럽게 직시하게 된다는 의미도 포함하지 않을 수 없다. 그것은 매우 불쾌한 일이다. 도저히 '감상'을 마음 편히 얘기할 수 없다. 가능하면 아무 말도 하고 싶지 않다. 작품에 관한 말은 하나하나 나 자신에 대한 말이 되어 돌아오기 때문이다.

　그러나 물론 그것만으로 끝나지 않는다. 동시대에 소설을 쓰고 있는 그 또는 그녀는 이 '나'가 아니다. 당연한 얘기다. 그래서 그 차이를 분명하게 파악해야 한다. 그러니까 시대에 따라 공통적으로 주어진 정신적 기반과, 각 인간에게 내재된 힘을.

이러한 의미에서 동시대 인간의 작품은 보다 첨예하게 독자 개개인을 자극한다고 할 수 있을 것이다. 뒤집어 말해서, 가령 같은 시대 인간이 쓴 글이라도 작가가 시대가 주는 '곤란'을 아주 희미한 수준에서만 의식하고 있다면, 독자에게는 귀찮은 작품이 될 수도 있다. 테마를 통해 표층적으로 '시대'를 다뤘다 해도, 그것이 반드시 '시대' 안에서만 살 수 있는 인간인 자신과 작가가 다뤘다는 증거는 되지 못한다. 테마를 선택하는 것은 오히려 작가의 내면에서 솟는 고립된 힘이 원하는 일이라고 나는 생각한다. '시대'가 그 작가에게 주는 것은, 소설의 경우 언어이며 문체라고 할 수 있을 것이다.

『18세, 바다로』라는 나카가미 겐지의 초기 작품집을 다시 읽으며 내가 느낀 감상은, 이 작가는 마치 저항을 모르는 유아처럼 '시대'를 그 온몸으로 받아들이고, 거기서 비롯된 자신을 표현하는 것밖에 모르는 작가로, 처음부터 시대와 함께 호흡하고 있구나 하는 감탄뿐이었다. 초기 작품이기 때문에, 이 단계에서는 '시대'를 받아들임으로 인해 생기는 '곤란이 작가의 내발적인 힘을 가리고 있다고도 할 수 있다. 그러나 '그 곤란'은 피하려면 피할 수 있는 것이며, 그것은 예를 들어 「다카오와 미쓰코」 같은 작품을 보면, 현대적인 소설을 잘 쓰는 것이 이 작가에게는 조금도 어려운 일이 아니라는 것을 감지하게 되는데, 그것은 작가가 원하는 바가 아니었다. 어디까지나 작가 자신의 내발적인 힘을 표현하려면, 자신에게 주어진 '시대'가 필연적으로 요구하는 언어, 문체를 사용해야만 했다. 전 시대에 이미 완성된 표현 방법을 표본으로 삼을 수는 없다. 그렇다면 어떻게 표현해야 할 것인가. 아무도 가르쳐주지 않는다. 스스로 악전고투하면서 그 대답을 찾을 수밖에 없다.

나카가미 겐지라는 작가가 동시대 작가 중에 독자를 자극하는 존재일 수 있는 배경에는 이 『18세, 바다로』에서 볼 수 있는 '시대'에 대한, 아무리 걷어차여도 포기하지 않는 탐욕스러움이 있다. 나는 그렇게 생각한다.

이 책에 실린 「바다로」를 내가 처음 읽었을 때에서 10년 이상이 흘렀다. 그러나 그때 인상은 아직도 내게 선명하게 남아 있다.

당시 나도 같은 동인지 소속이었고, 자신이 쓴 글을 투고하곤 했다. 그리고 이 「바다로」가 나의 단편과 같은 호에 실렸다. 스물한 살 때로 기억한다.

　그때 이후로 나는 나와 나이가 같은 이 작가의 존재를 잊을 수 없었다. 동인지의 합평회에서도 나는 이 작가를 계속 쳐다보았다. 아직 피차 시행착오 단계에 있는 것은 어쩔 수 없었지만, 그러다 자신의 언어로 글을 쓸 수 있게 될 것이라고, 나 자신에 대해서는 희망이라는 형태로, 그에 대해서는 확신에 가까운 형태로 믿었다.

　「바다로」를 이렇다 저렇다 비평하는 것은, 적어도 그 생각의 테두리 안에서는 무의미한 일이었다. 당시 새롭게 여겨진 언어와 형식이 이 작품에 알차게 담겨 있다. 하지만 그게 전부였다면 그 자리에서 놀라고 끝났을 것이다. 나는 이 작품 속에 있는 무언가를 느꼈고, 그 때문에 잊을 수 없었던 것이다.

　실존주의적 언어, 시나리오적 구성, 프로이트의 성, 그리스 신화의 패턴을 추구하는 해석 등, 이 한 작품 속에서 그 시대에 큰 의미를 지녔던 요소를 볼 수 있다. 그것은 20세기 후반에 산 자들에게는 간과할 수 없는 중요한 사조였다. 소설에 대해서도 당연히 그것은 무시할 수 없는 사조였으며, 따라서 표현 방법도 되물어야 했다.

　한 청년이 쓴 이 「바다로」는 우선 글쓴이의 탐욕스러운 '시대'에 대한 이런 의지 때문에 깜짝 놀라게 되는데, 실제로 인상적인 것은 글쓴이가 '시대'의 새로운 사조를 고정화된 것으로 다루는 경향을 부정하는 모습이다. 사조는 흐름이다. 지금 눈앞에 있는 물을 떴어도, 그때 같은 장소를 흐르는 물은 모두 다른, 새로운 물이다. 물을 뜬 손 안에 있는 물은, 이미 낡은 물일 수밖에 없다. 뭐야, 낡은 물이잖아, 하고서 다시 물을 떠본들 같은 일의 반복일 뿐이다.

「바다로」에는 그 반복의 위험을 피하려는 자의식이 담겨 있다. 새로운 물, 낡은 물, 왜 그렇게 나누어 생각해야 하나, 하고 외치고 싶어 하는 패기가 있다. 새롭다고 하면 모두 새롭고, 낡았다고 하면 모두 낡은 것이라고는 할 수 없지 않은가. 작가의 내발적인 힘과 시대 사조와의 다툼이, 이 「바다로」라는 작품을 구성하고 있다고 할 수 있을지도 모른다. 그리고 그 다툼의 소리가 순수하게 울리는 점이 「바다로」의 매력일 것이다.

그로부터 10년 이상 지난 지금도 이 작가는 역시 자신의 작품이 언어에 의해 고정되는 것을 집요하게 부정하고 있다.

현대는 좇거나 응시하는 것이 아니라, 내 몸속에서 지속적으로 움직이는 것으로서 인식해야 하리라.

쓰시마 유코

젊은 날의 핏빛 초상

작가들의 초기 작품을 좋아한다.

아직 정제되지 않은 욕구와 열정이 작품 속에서 들끓기 때문이다.

아직 자리 잡지 않은 문체가 춤추듯 널뛰기 때문이다.

아직 확립되지 않은 세계관이 마그마처럼 분출하기 때문이다. 그만큼 선연하고, 격정적이다.

낯선 작가 나카가미 겐지의 초기 작품집인 『18세, 바다로』 역시 그렇다. 작가의 말에 해당하는 「MESSAGE '77」에서 그 자신이 밝힌 것처럼, 고등학교를 졸업할 무렵인 열여덟 살에서 스물세 살 때까지 쓴 이 단편들은, '야들야들한 살을 지닌 젊은 작가의 작품집이다. 질서 따위는 무의미하다, 파괴로, 혼란으로' 가득하다.

'너무도 잔혹한 젊음'을 표현한 혼란스럽고 파괴적인 언어들이 해일처럼 밀려온다. 때로 그 언어들은 생경하고 의미를 이루지 않기도 해서, 의미를 찾는 것 자체가 무의미하기까지 하다. 그럼에도 읽는 이의 마음에 아름다운 비수처럼 꽂혀, 넘실대는 언어의 바다에서 허우적거리게 한다.

나카가미 겐지는 일찍 세상을 떠나(1946년에 태어나 1992년에 사망) 그 작품 세계를 완전히 꽃피우지는 못했지만, 살아 있는 동안 압도적이고 강력한 작품 활동을 했다. 1974년, 사생아로 태어난 주인공의 복잡하게 얽힌 가족 관계와 고향의 강렬한 토속성을 소재로 쓴 「곶」을 발표, 이듬해에 1945년 종전 이후에 태어난 작가로는 처음으로 아쿠타가와상을 수상했다. 그는 문단의 이단아이자 아이돌 같은 존재로 부상한다.

『18세, 바다로』는 그 이전, 그가 대학 진학을 목표로 고향을 떠나 도쿄에 올라왔음에도 입시는 치르지 않고 문학과 재즈와 술에 탐닉하는 한편, 1960년대 말에서 1970년대로 넘어가는 시대적 고뇌를 부둥켜안은 상태에서 동인지와 문학지에 시와 에세이를 발표하던 시절에 쓴 단편들을 묶은 소설집이다. 그야말로 작가의 문학 세계의 태동을 알리는 초기 작품들이기에 설익은 문학성에도 불구하고 소중한 가치를 지니는 작품들인 것이다.

각 단편은 이렇다.

「18세」 1965년에 발표된 비틀스의 〈미셸〉 가사로 시작되는 이 단편은, 〈미셸〉의 가사와는 달리 조금도 조화롭지 못하다. 현재의 나른함과 과거 어린 시절의 위태로움과 죽음에의 공포가 교차하는가 하면, 모순과 거짓말로 치장된 어른들의 세계를 향한 저항의 외침과 '무슨 짓을 해봐야, 착하게 굴어봐야 소용없다'는 젊음의 무력감으로 낮게 가라앉아 있다.

「JAZZ」 끝없이 빠져드는 늪 같은 재즈에 몸을 맡기고 건강한 몽상에 젖는 젊은이들의 초상을 그린, 9편의 산문시에 가까운 작품이다. 재즈의 선율을 따라 미친 듯이 춤추는 언어는 이해해야 할 것이 아니라 감응해야 하는 것으로 존재한다.

「다카오와 미쓰코」 유일하게 스토리가 있는 작품으로 영화화되기도 했다. 수면제에 절어 사는 다카오는 돈이 떨어지자 미쓰코와 '동반자살미수업'이라는 일을 해서 돈을 벌려고 한다. 그러나 그 끝은 말 그대로 '동반자살'이었다. 작품 안에서 제시되는 '블랙 유머' 같은 아이러니한 죽음이 화자인 젊은 보스를 짓누른다.

「사랑 같은」 스물한 살 대학생의 일상에 파고든 강박적이고 그로테스크한 이미지가 '황금 손가락'으로 구현된다. 학교가 데모에 휩싸여 학생으로서의 일상은 무너졌는데, 굳이 문 닫힌 학교에 오가면서 일상의 군건함을 믿으려는 주인공의 사유가 장황하게 연출되다, 그토록 강박적으로 수용하려 했던 '황금 손가락'이 누구나 즐길 수 있는 한낱 상품에 지나지 않는다는 반전의 해학성에 화자는 눈물까지 흘리며 킬킬 웃는다.

「불만족」 추적추적 내리는 비를 배경으로 정처 없이 걸어가는 나의 독백과 다른 나인 '나'와의 대화로 구성된다. 나는 '나'를 주인공으로 해학적이고, 비 내리는 아침 같은 하얀 색채를 지닌, 저항으로 가득한 소설을 쓰려는가? 하고 자문하지만, 빗소리에 섞여 '언어는 무의미하다'는 중얼거림이 낮게 깔린다.

「잠의 나날」 불 축제에 참가하기 위해 고향으로 내려온 나의 이야기가 펼쳐진다. 불 축제는 어엿한 사내가 되기 위한 통과의례 같은, 남자들의 축제다. '충분히 분별력

있는 어른도 아니고, 그렇다고 소년도 아닌 스물세 살'
의 나는 고향을 떠나기 전에 제 손으로 목숨을 끊은
형의 죽음을 재연하면서, 형을 증오하고 그의 죽음에
안도했던 열두 살 당시의 거짓 없는 감정과 내면을 들
여다보지 않았던 열여덟 살 때의 자신을 반추한다.
「바다로」 바다 앞에 무릎 꿇은 나는, 원점이며 피이며 광기
이며 유일한 타자인 바다, 나 자신인 바다와의 거대
한 합일을 이루고 정화된다.

　훗날 그의 문학 세계를 구축하는 모든 것, 혈족의 죽음, 고
향의 강, 권태로움, 집착에 가까운 성적 이미지의 반복, 토속
성, 질서에 대한 저항, 끈적하게 몸에 휘감기는 재즈 등이 강
렬하고 아름답고 리드미컬한 시적 언어에 실려 해일처럼 덮
처온다.
　그렇다, 언어의 해일이다. 어느 누구도 그 힘 앞에서 자유
롭지 못한, 해석도 의미도 무의미한, 그저 몸을 맡기고 잠길
수밖에 없는, 거대한 바다로 이르는, 격정적으로 들끓고, 춤
추고, 분출하는 언어다.

김난주

나카가미 겐지 中上健次

1946~1992. 일본 현대문학의 대표 작가. 와카야마현에서 태어나 복잡한 가정에서 자랐다. 《문예수도》 동인으로 생계를 꾸려가며 본격적으로 작품 활동을 시작했다. 1976년 「곶」으로 제74회 아쿠타가와상을, 1977년 『고목탄』으로 마이니치 출판문화상과 예술선장 신인상을 받았다. 작품으로 장편 『땅의 끝, 지상의 시간』 『봉선화』 『기적』 『찬가』, 소설집 『열아홉 살의 지도』 『화장』 『중력의 도시』 『천년의 유락』 등이 있다.

나카가미 겐지는 「서울 이야기」라는 중편소설을 쓸 만큼 한국에 각별히 관심이 있어 6개월가량 한국에 머물며 글을 쓰기도 했고, 윤흥길의 작품에 반해 그의 소설을 일본과 해외에 소개하기도 했다.

「18세, 바다로」는 나카가미 겐지가 열여덟 살에서 스물세 살 때까지 쓴 '너무도 잔혹한 젊음'을 표현한 작품이다. 이 소설집에 수록된 〈다카오와 미쓰코〉는 1979년 〈18세, 바다로〉라는 제목으로 영화화되었다.

김난주

일본문학 전문번역가. 경희대학교 국문과를 졸업하고 동 대학원을 수료했다. 1987년 쇼와여자대학에서 일본 근대문학 석사 학위를 취득했다. 이후 오오츠마여자대학과 도쿄대학에서 일본 근대문학을 연구했다. 옮긴 책으로 『다시, 만나다』 『당신의 진짜 인생은』 『아주 긴 변명』 『인어가 잠든 집』 『태엽 감는 새 연대기1,2,3』 『서커스 나이트』 『저물 듯 저물지 않는』 『무코다 이발소』 『목숨을 팝니다』 『바다의 뚜껑』 『겐지 이야기』 『박사가 사랑한 수식』 『반짝반짝 빛나는』 『키친』 『냉정과 열정 사이』 『나는 고양이로소이다』 『여름의 재단』 등이 있다.

18세, 바다로

지은이_나카가미 겐지
옮긴이_김난주

2020년 9월 10일 1판 1쇄 인쇄
2020년 9월 21일 1판 1쇄 발행

펴낸이_황재성 · 허혜순
책임편집_박민주
디자인_ color of dream
Illustration © Geraldine Sy

펴낸곳_무소의뿔
(04030) 서울시 마포구 동교로 136
신고번호 제2012-000255호
신고일자 2012년 3월 20일
전화 02-323-1762   팩스 02-323-1715
이메일 mussopulbooks@naver.com
www.facebook.com/mussopulbooks
ISBN 979-11-86686-52-2   03830

무소의뿔은 도서출판연금술사의 문학 브랜드입니다.
이 도서의 국립중앙도서관 출판예정도서목록(CIP)은
서지정보유통지원시스템 홈페이지(http://seoji.nl.go.kr)와
국가자료공동목록시스템(http://www.nl.go.kr/kolisnet)에서
이용하실 수 있습니다. (CIP제어번호: CIP2020037365)